드
라
큘
라

일러두기

• 이 책은 Bram Stoker, 『*Dracula*』(Project Gutenberg, 2014)를 참고했습니다.

드라큘라

브램 스토커 지음

림

브램 스토커

W.&D. 다우니 스튜디오에서 1906년에 찍은 브램 스토커의 사진이다. 그는 『드라큘라』를 비롯해 모두 17권의 소설을 썼다. 『드라큘라』처럼 대부분의 소설이 공포와 환상을 주제로 하고 있다.

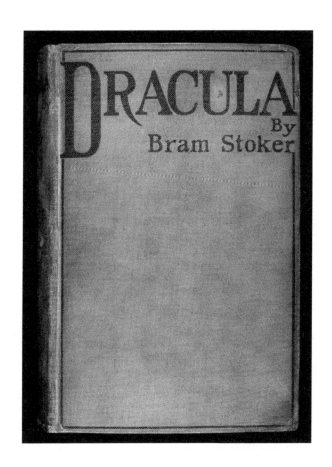

『드라큘라』 초판본

1897년에 출간된 브램 스토커의 소설 『드라큘라』의 초판본이다. 이 책은 모든 흡혈귀 영화, 연극의 원조
가 되어 수없이 많은 작품들로 각색되어 전 세계 사람들의 사랑을 받았다. 하지만 소설 속 드라큘라 백작
의 너무나 강렬한 이미지로 인해 작자의 명성이 가려져 브램 스토커의 이름은 널리 알려지지 않았다.

루마니아에서 2004년에 발행된 우표

소설 『드라큘라』 속 드라큘라 백작의 출신 배경인 루마니아에서 2004년에 발행된 우표다. 『드라큘라』의
작가 브램 스토커와 드라큘라의 상징적인 특징을 담은 이미지로 우표를 발행했다.

드라큘라 차례

제1장

조녀선 하커의 일기(속기록)

5월 3일, 비스트리츠에서

5월 1일, 저녁 8시 뮌헨 출발, 이튿날 아침 일찍 비엔나 도착. 기차 객실 안에서 바라본 부다페스트는 아주 아름다운 도시였음. 마치 서양을 떠나 동양으로 들어온 것 같은 선명한 느낌임.

부다페스트를 떠난 기차는 저녁에 클라우젠부르크에 도착했다. 나는 그곳에서 로얄 호텔에 묵었다. 런던에 있을 때 나는 짬을 내서 대영 박물관과 도서관에 가서 트란실바니아에 대한 지도와 책들을 뒤져본 적이 있었다. 하지만 그 어떤 지도나 책을 보아도 드라큘라 백작의 성의 위치가 정확히 어디인지는 알

수가 없었다. 다만 드라큘라 백작이 말한 비스트리츠가 오래된 작은 도시로서, 사람들에게 잘 알려진 곳이라는 것만은 확인할 수 있었다.

나는 잠을 설쳤다. 침대가 불편해서가 아니라 온갖 이상한 꿈에 시달렸기 때문이었다. 밤새 창문 아래에서 개가 짖어댔다. 나는 서둘러 아침을 먹었다. 기차가 오전 8시 몇 분 전에 떠날 예정이었기 때문이었다. 기차는 하루 종일 아름다운 고장들을 지나며 달렸다. 기차가 비스트리츠에 도착했을 때는 이미 밤이었다.

나는 드라큘라 백작이 일러준 대로 골든 크로네 호텔에 여장을 풀었다. 호텔에서는 내가 도착하기를 기다리고 있었음이 틀림없었다. 내가 호텔 문 앞에 도착하자 나이 지긋한 여인이 명랑한 표정으로 나를 기다리고 있었다. 이 지역 농부 복장을 하고 있는 여관 여주인이었다. 나를 보자 내게 고개를 숙여 인사한 후 그녀가 물었다.

"영국에서 오신 분이지요?"

"네, 조너선 하커라고 합니다."

그녀는 내게 미소를 짓더니 뒤따라온 나이 지긋한 사내에게 뭐라고 말했다. 그는 어디론가 가더니 편지 한 통을 들고 금세 나타났다. 드라큘라 백작이 보낸 편지였다.

나의 친구에게,

카르파티아 산맥에 오신 걸 환영합니다. 당신을 애타게
기다리고 있었소. 오늘 밤 편히 주무시기 바라오. 부코비
나행 역마차가 내일 오후 3시에 떠납니다. 당신 자리는
예약해두었소. 보르고 고개에서 내 마차가 당신을 기다
리고 있다가 당신을 이곳까지 데려다줄 것입니다. 모쪼
록 런던에서 이곳까지의 여행이 즐거웠기를, 또한 이 아
름다운 고장에 머물면서 즐거운 경험을 할 수 있기를 바
랍니다.

애정을 담아, 드라큘라 씀

5월 4일

여관 주인 역시, 내게 합승 마차의 가장 좋은 자리를 마련해
주라는 편지를 백작에게서 받았다. 나는 그에게 몇 가지 질문
을 던졌지만 그는 내 독일어를 알아듣지 못한 척, 아무 대답도
하지 않았다. 여관 주인과 그의 아내는 뭔가 겁먹은 듯한 표정

으로 서로를 바라보았다.

출발 시각이 되자 여주인이 내 방으로 올라와 좀 겁에 질린 표정으로 내게 물었다.

"오, 젊은 신사 양반, 거기에 꼭 가셔야만 해요?"

여자는 흥분해 있어서, 내가 알아들을 수 없는 말에 겨우 몇 마디 독일어를 섞어 쓰고 있었다. 내가 중요한 일이라서 꼭 가봐야 한다고 말하자 그녀가 다시 내게 물었다.

"오늘이 무슨 날인지 알아요? 성 조지 축일 전날이에요. 오늘 밤 12시를 치면 온갖 악령들이 땅을 지배하게 되는 날이란 걸 몰라요? 지금 가는 데가 어딘지나 알아요? 알고도 가려는 거예요?"

그녀는 숫제 무릎을 꿇고 하루 이틀 기다렸다 떠나라고 내게 간청했다. 나는 그녀를 붙잡아 일으키며, 나를 생각해주는 건 고맙지만, 그곳에 꼭 가봐야 한다고 심각한 어조로 말했다. 그러자 그녀는 일어나더니 목에 걸고 있던 십자가를 내 목에 걸어주며 말했다.

"젊은 신사 양반 어머니를 생각해서 이러는 거라오."

그런 후 그녀는 방에서 나갔다.

5월 5일, 성에서

내가 호텔 앞에 선 합승 마차에 오르자 사람들이 꾸역꾸역 마차 앞으로 모여들어 뭔가 쑥덕거렸다. 나를 쳐다보는 그들의 표정에 딱하다는 기색이 역력했다. 하도 여러 나라 말이 섞여 있어서 그들의 말을 알아들을 수 없었다. 그들의 말들 중 되풀이 되는 말을 귀담아 들었다가 나는 슬그머니 다국어 사전을 가방에서 꺼내 뒤져보았다. 그들의 입에서 나온 단어들은 별로 기분 좋은 단어들이 아니었다. 그것들은 사탄, 지옥, 마녀, 흡혈귀 등을 뜻했다.

그들은 성호를 그으며 두 손가락으로 나를 가리켰다. 나는 저 손짓이 무슨 뜻인지 마차에 탄 손님에게 물어 어렵사리 그 뜻을 알아낼 수 있었다. 그들은 사악한 기운이 내게 다가오는 것을 막아주려고 그런 손짓을 한 것이었다. 낯선 곳을 향해 떠나는 나로서는 기분이 좋을 리 없었지만 어쨌든 나를 그토록 염려해주는 그들의 마음씨가 고마웠다.

마차가 나아감에 따라 아름다운 경치가 펼쳐졌고 나는 꺼림칙한 기분에서 벗어날 수 있었다. 우리들 앞으로 크고 작은 숲들이 펼쳐져 있었고, 여기저기 가파른 언덕이 있었다. 언덕 위로는 나무들이 숲을 이루고 있었으며 길가 여기저기 농가들이 있었다. 그리고 그 언덕 너머에 거대한 카르파티아 산맥의 봉우리들이 솟아 있었다. 태양은 우리 뒤로 서서히 지평선을 향해 내려가고 있었으며 차츰 저녁 어스름이 우리를 감쌌다.

어둠이 짙어지면서 마차의 승객들은 조금 상기되는 것 같았다. 길이 평탄해지자 마차는 나는 듯이 달렸다. 마부는 채찍으로 말들을 사정없이 후려쳤고 말들은 가파른 언덕에서 속도를 조금 늦추었을 뿐 바람처럼 달렸다. 산들이 마치 우리들을 위협하듯 양쪽에서 달려드는 것 같았다. 마차는 이제 보르고 고개로 들어서고 있었다.

마차 안의 승객들 중 몇 사람이 이방인인 내게 선물을 주었다. 마늘, 말린 들장미 등 이상야릇한 것들이었지만 나는 도저히 거절할 수가 없었다. 그들이 정말로 소박한 태도로 진지하게 그것들을 내게 건네주었기 때문이었다. 그들은 내게 선물을 주면서 비스트리츠의 호텔 앞에서 사람들이 내게 보여주었던 동작을 그대로 해 보였다. 그들은 성호를 그었고 액막이의 표시로 두 손가락을 내밀었다.

이윽고 우리는 보르고 고개 비탈에 이르렀다. 시커먼 구름들이 뭉게뭉게 몰려왔으며, 천둥이라도 칠 것처럼 무겁고 숨 막힐 듯한 날씨였다. 나는 백작의 집으로 데려갈 마차가 나를 기다리고 있는지 찾아보았다. 나는 어둠 속에서 불빛이라도 있기를 기대했지만 온통 칠흑 같은 어둠뿐이었다.

마부가 시계를 바라보더니 다른 승객들에게 몇 마디 말을 건넸다. 무슨 말인지 알아들을 수 없었지만 "한 시간이나 일찍 왔어"라고 말하는 것 같았다. 그러더니 그는 나를 향해 고개를 돌리더니 나만큼이나 서툰 독일어로 말했다.

"아무 마차도 안 보이네요. 아마 선생님을 기다리는 사람이 오지 않은 것 같습니다. 이대로 그냥 부코비나까지 가시지요."

그가 말을 하는 사이, 합승 마차의 말들이 갑자기 히힝 하고 울음소리를 내더니 사납게 날뛰기 시작했다. 마부는 겨우 그들을 진정시켰다. 그때였다. 네 마리의 말이 끄는 마차가 우리 마차 뒤에 나타나더니 빠르게 달려와 곧 합승 마차와 나란히 섰다. 합승 마차의 등불에 비친 말들은 석탄처럼 시커멓고 늠름한 말들이었다. 갈색 턱수염을 한 키 큰 남자가 마차를 몰고 있었다. 그가 우리 쪽으로 얼굴을 돌리자 램프 불빛에 거의 붉은색으로 빛나는 그의 눈을 알아볼 수 있었다.

그가 합승 마차의 마부에게 말했다.

"이봐, 왜 이렇게 빨리 온 거야?"

그러자 마부가 우물우물 대답했다.

"영국 신사분이 빨리 가자고 하셔서요."

나는 그런 말을 한 적이 없었다.

그러자 그 사나이가 대답했다.

"그새 이니라 저 양반이 부코비나까지 내쳐 가길 바랐던 거겠지. 자, 어서 저분 짐이나 내려놔."

사내의 말이 끝나기 무섭게 내 짐들이 재빨리 이륜마차 속으로 옮겨졌다. 내가 마차에서 내리자 이륜마차의 마부가 내 손을 잡아 마차에 타는 것을 도와주었다. 그의 힘이 굉장하다는 것을 단번에 느낄 수 있었다. 그가 아무 말 없이 고삐를 흔들자 마차가 방향을 돌려 달리기 시작했다. 뒤를 돌아다보니 합승마차의 승객들이 일제히 성호를 긋고 있었다.

마차는 맹렬한 속도로 달리다가 갑자기 방향을 바꾸어 완전히 반대 방향으로 달렸다. 마치 제자리를 맴도는 것 같았다. 나는 성냥불을 켜서 시계를 들여다보았다. 자정 조금 전이었다. 공연히 마음이 조마조마해졌다.

저 아래 마을에서 개 짖는 소리가 들렸다. 어딘지 공포에 질린 듯, 길게 이어지는 울음소리였다. 그 개의 울음소리에 다른 개들이 화답했고, 이어서 온 마을 전체의 개들이 울부짖는 것 같았다. 이어서 산속의 늑대들이 개들보다 더 사납게 울부짖기 시작했다. 하지만 마부는 아무런 동요도 보이지 않은 채 태연하게 어둠 속에서 무엇이라도 찾는 듯 좌우를 살폈다. 나도 어둠 속에서 그 무언가 알아보려고 애썼지만 아무것도 보이지 않았다.

마차는 길을 계속 달렸다. 구름이 달을 가려 어둠이 더욱 짙어졌다. 간혹 잠깐 동안 내리막길을 달릴 때도 있었지만 마차는 주로 언덕을 오르고 있었다. 어느 순간 마부가 말들을 웬 거대한 낡은 성의 안마당으로 몰아넣었다. 높은 곳의 어두운 창문에서는 단 한 줄기의 빛도 새어나오지 않았다. 성벽의 낡은 총안들이 하늘 위로 그 윤곽을 드러내고 있었다. 마침 구름을 헤치고 달빛이 비치고 있었던 것이다.

제2장

조너선 하커의 일기(계속)

5월 5일

마차가 멈추었다. 마부는 마차에서 뛰어내리더니 내게 손을 뻗어 내가 마차에서 내리는 것을 도와주었다. 그는 내 짐을 꺼내 내 옆 바닥에 내려놓았다. 나는 낡은 커다란 문 앞에 서 있었다. 마부는 다시 마차에 올랐고 마차는 이내 어둠 속으로 사라졌다.

나는 어찌할 바를 모르고 그냥 서 있었다. 문에는 초인종도 없었고 문 두드리는 고리도 없었다. 설사 내가 소리를 질러 누구를 부른다 하더라도 이 위압적인 창과 문을 통해 저 안까지

들릴 리도 없었다. 나는 계속 기다리는 수밖에 없었다. 의혹과 공포가 밀려왔다.

'도대체 나는 어떤 곳에 와 있는 것일까? 내가 왜 이런 이상한 일을 겪어야 하는 거지? 변호사 서기의 자격으로, 런던에 영지를 구입하려는 한 외국인과 상담하려고 이곳에 온 것일 뿐인데.'

게다가 나는 런던을 떠나면서 변호사 시험에 합격했다는 소식을 들었다. 나는 완벽한 자격을 갖춘 변호사인 것이다. 그런데 이런 무시무시한 악몽 같은 일을 겪어도 된단 말인가?

하지만 내가 할 수 있는 일은 아무것도 없었다. 그저 새벽이 올 때까지 참고 기다리는 수밖에 없었다. 그렇게 마음을 다잡으며 하염없이 기다리고 있을 때였다. 커다란 문 뒤에서 둔중한 발자국 소리가 들렸다. 이어서 쇠사슬을 푸는 소리가 들리더니 빗장을 벗기는 소리가 이어졌다. 마침내 거대한 문이 열렸다.

내 앞에 키 큰 노인이 서 있었다. 하얀 콧수염만 제외하고는 깨끗하게 면도한 얼굴이었으며 머리부터 발끝까지 검은 옷을 입고 있었다. 그는 은으로 된 고풍의 램프를 들고 있었다. 그는 오른손으로 정중하게 안으로 들어오라는 손짓을 했다. 훌륭한 영어였지만 억양이 약간 특이했다.

"어서 오십시오."

내가 안으로 들어서자 그가 내 손을 움켜잡았다. 나는 그 손아귀의 힘이 대단한 데 놀랐다. 더욱이 얼음장처럼 차가웠기에 으스스한 느낌이었다. 마치 마차꾼의 손을 잡았을 때의 느낌과 같아서 혹시 마차꾼과 이 사람이 같은 인물이 아닌가 하는 생각이 머리를 스쳤다.

그때 그가 마치 내 생각을 읽은 듯이 말했다.

"하커 씨, 내가 드라큘라 백작이오. 자, 어서 들어오시오. 밤공기가 차갑소. 피로를 푼 뒤에 뭐 좀 드셔야 하지 않겠소?"

말을 하면서 그는 램프를 벽 선반에 놓더니 밖으로 나가 내 짐을 들어서 안으로 들여다 놓았다. 내가 들겠다고 말하자 그가 조용히 대답했다.

"아니오, 당신은 나의 손님이오. 너무 늦어 하인들은 잠이 들었소. 내가 당신을 직접 당신의 방으로 안내하리다."

그는 한사코 내 트렁크를 들고, 복도를 지나 나선형 계단을 올라갔다. 돌로 된 바닥에서 우리들 발소리가 둔중하게 울려 퍼졌다. 위층 계단 끝의 육중한 문 앞에 이르자 그가 문을 열었다. 방 안은 환하게 밝혀져 있었으며 식탁이 준비되어 있었고

제2장

19

벽난로에서는 불이 활활 타오르고 있었다.

백작은 문을 닫더니 방을 가로질러 가서 다른 문을 열었다. 그러자 팔각형으로 된 작은 방이 하나 나타났다. 등이 하나 켜져 있었고 창문은 없는 방이었다. 백작은 그 방을 지나 또 하나의 문을 열었다. 그러고는 내게 안으로 들어오라는 손짓을 했다.

그곳은 아늑하고 기분 좋은 침실이었다. 식당처럼 환하게 밝았고 따뜻했다. 백작은 내 짐을 손수 안에다 들여놓더니 내게 말했다.

"좀 쉬시고 옷도 갈아입은 다음 아까 그 방으로 오시오. 저녁 식사가 기다리고 있을 거요."

나는 서둘러 몸을 씻은 다음 백작이 말한 대로 그 방으로 갔다. 식사는 이미 차려져 있었다. 주인은 벽난로 한쪽에 몸을 기댄 채, 상냥한 몸짓으로 식탁을 가리켰다.

"자, 식탁에 앉아 마음껏 드시오. 식사를 함께 하지 않는 걸 양해해 주시오. 나는 이미 저녁을 먹었으니 더 이상 먹을 수가 없소이다."

나는 호킨스 씨가 백작에게 주라고 맡긴 봉함 편지를 내밀었다. 그는 심각한 표정으로 봉투를 열고 편지를 꺼내어 읽었다. 그런 후 활짝 웃음을 지으며 나보고 읽어보라고 내게 내밀었다. 그 편지 내용 중에서 특히 다음 구절은 나를 매우 기쁘게 했다.

통풍에 걸려 직접 여행할 수 없어 유감입니다. 하지만 내가 전적으로 신뢰할 수 있는 사람을 대신 보낼 수 있게 되어 정말 기쁩니다. 이 젊은이는 에너지가 넘치고 매사에 정통합니다. 다시 반복하지만 그는 전폭적으로 신뢰할 수 있습니다. 그는 신중함 그 자체이며, 내가 직접 모든 것을 다 가르쳤다고 할 수 있습니다. 그가 당신 곁에 머무는 동안 매사 당신이 원하는 대로 해줄 것이며, 당신이 시키는 대로 따를 것입니다.

백작이 식탁으로 다가와 손수 음식 뚜껑을 열어주었다. 나는 훌륭한 닭고기 구이, 치즈와 샐러드를 맛있게 먹었고, 오래 묵은 토케이산 포도주를 마셨다.

식사를 마치자 그가 내게 시가를 권했고 나는 벽난로 옆에 앉아 맛있게 시가를 피웠다. 하지만 백작은 자신은 담배를 피우지 않는다며 양해를 구했다.

나는 그제야 비로소 백작을 찬찬히 살펴볼 수 있었다. 그의 코는 매부리코여서 옆모습이 마치 독수리 같다는 느낌을 주었다. 넓은 이마는 툭 튀어나와 있었으며 머리칼은 관자놀이 근처만 듬성듬성할 뿐 다른 부분은 숱이 많았다. 눈썹은 짙었고 콧마루 위쪽에서 양끝이 거의 맞닿아 있었다. 입매는 뭔가 딱딱하고 잔인한 느낌을 주었으며 날카로운 하얀 이가 입술 위로 비죽 나와 있었다.

나는 그의 무릎 위에 놓인 그의 손을 바라보았다. 멀리서 볼 때는 희고 섬세해 보였는데, 막상 가까이서 보니 거칠고 손가락도 짤막한 것을 알게 되었다. 더욱 특이한 것은 손바닥 한가운데가 털로 덮여 있다는 사실이었다. 하지만 손톱은 길고 섬세했으며 끝이 날카롭게 다듬어져 있었다. 백작이 내 쪽으로 몸을 기울이고 나를 건드리자 나는 나도 모르게 몸을 떨었다. 백작이 웃으면서 몸을 뒤로 뺀 것으로 보아 눈치를 챈 것 같았다. 그의 웃음에서는 뭔가 음산한 징조가 느껴졌으며, 그의 돌출한 이가 더욱 두드러져 보였다.

그가 내게 말했다.

"피곤하겠지요? 내일 실컷 늦잠을 자도록 하시오. 나는 오후까지 나가 있을 거요. 자, 잘 주무시고, 좋은 꿈꾸시오!"

그는 정중하게 인사를 한 후 팔각형 방으로 들어가는 문을 손수 열어주었다. 나는 그 방을 지나 침실로 갔다.

온통 이해 불가능한 것 투성이였다. 나는 의문의 늪에 빠져 두려워하고 있었다. 오, 착한 나의 영혼이여, 내가 사랑하는 사람들을 생각해서 나를 지켜다오!

5월 7일

다시 새벽. 하지만 나는 잘 쉬고 있고, 지난 24시간은 아주 잘 지냈다. 나는 늦잠을 잤고 원할 때 자리에서 일어났다. 첫날 나는 옷을 입자마자 저녁을 먹었던 방으로 갔다. 식탁에 식사가 차려져 있었으며 카드가 한 장 놓여 있었다. 카드를 읽어보니 다음과 같이 적혀 있었다.

외출을 좀 해야 하오. 기다리지 마시오. ─ D

나는 기분 좋게 아침을 먹었다. 식사를 마친 후 나는 식사가 끝난 것을 하인들에게 알리려고 초인종을 찾았다. 하지만 초인종은 어디에도 없었다. 그렇다면 하인들이 없단 말인가? 단 한 번도 본 적이 없으니…….

이 성에는 온갖 화려한 물건들이 많이 있었지만 이상하게 꼭 필요한 것이 한두 가지 없었다. 예를 들어 이곳에는 거울이 없었다. 그래서 면도를 하려면 내 가방에서 작은 면도용 거울을 꺼내야만 했다. 게다가 더 없이 조용했다. 늑대들이 가끔 울부짖는 소리를 제외하고는 성 근처에서 아무 소리도 들린 적이 없었다.

식사를 마친 후—오후 5시가 되어서야 식사를 했으니 아침 식사라고 할 수 있을지는 모르겠다—나는 무언가 읽을거리를 찾았다. 하지만 방 안에는 책이나 신문은 물론이고 아무런 읽을거리가 없었다. 나는 방 다른 쪽에 있는 문을 열어보았다. 그러자 서재로 보이는 방이 나타났다. 서재 반대쪽에도 문이 하나 있어 열어보려 했지만 그 문은 잠겨 있었다.

서재에서 영어로 된 갖가지 책들을 발견하고 얼마나 기뻤는지! 서가는 책들로 빼곡하게 채워져 있었으며 잡지나 신문들도 있었다.

내가 책들을 뒤적이고 있을 때 백작이 나타났다. 그는 내게 정답게 인사한 후 지난 밤에 잘 지냈느냐고 묻더니 말을 이었다.

"이 서재에 잘 들어오셨소. 틀림없이 당신에게 흥미로운 것이 많을 것이오. 이 책들은 내게는 친구와 같소. 이제까지 난 오로지 책을 통해 당신 나라 말을 배웠소. 내 영어가 어떻소? 제대로 하는 것 같소?"

"그럼요. 백작께서는 아주 완벽한 영어를 구사하고 계십니다."

"그렇게 좋게 보아주니 고맙소. 하지만 이제 겨우 시작일 뿐이오. 단어나 문법은 제법 알지 몰라도 말은 아직 서툴러요. 내가 영국에 가서 영어를 한다면 사람들이 이방인인 걸 금방 일게 될 거요. 나는 완벽한 영어를 구사하고 싶소. 어떻소? 당신은 물론 내 친구 피터 호킨스를 대신 해서 런던에 내가 구입하려는 영지에 대한 정보를 알려주려 이곳에 온 거요. 하지만 이곳에 머물면서 내 영어 억양을 가르쳐줄 수 있다면 금상첨화 아니겠소? 말을 하다가 내가 조금이라도 잘못하면 즉시 지적해주기 바라오."

나는 기꺼이 그러겠노라고 말했다. 그러자 그가 덧붙였다.

"당신은 이 성 안 어디든 당신이 원하는 대로 갈 수 있소. 다만 열쇠로 채워져 있는 방들은 예외요."

내가 그러겠다고 말하자 그가 계속 말을 이었다.

"자, 그럼 당신이 나를 위해 구입한 저택에 대해 말해보시오."

나는 내 짐들을 뒤져 저택 구입과 관련되는 서류를 가지고 왔다. 그는 집에 대해 수많은 질문을 했다. 하지만 그는 이미 모든 것을 미리 조사했는지 거의 모든 것을 알고 있었다. 우리는 퍼플리트에 있는 토지를 구입하는 문제에 대해 상세히 이야기를 나누었다. 그는 그 저택이 크고 오래된 것이 마음에 든다고 말했다. 백작은 필요한 서류에 서명한 후, 호킨스 씨에게 보낼 편지를 한 통 써서 내게 주며 말했다.

"이제 좀 볼 일이 있어 잠시 나가봐야겠소."

그가 나가자 나는 주위에 널려 있던 책을 살펴보다가 지도책을 하나 발견했다. 책을 펼치니 곧바로 영국 지도가 있는 부분이 펼쳐졌다. 아마 그 부분을 자주 열어본 모양이었다. 지도 위에는 작은 동그라미가 여기저기 쳐져 있었다. 그중 하나는 그가 새롭게 토지를 구입한 런던 근처였고, 엑시터에도 동그라미가 쳐져 있었으며 요크셔 해변의 휘트비에도 동그라미가 쳐져 있었다.

한 시간 정도 지나자 백작이 돌아왔다.

"어, 아직도 책을 보고 계시나? 좋은 일이긴 해도 너무 오래 공부하면 안 돼요. 자, 당신 저녁 식사가 준비되었다니 가봅시다."

백작이 나의 팔을 잡았고 우리는 옆방으로 들어갔다. 푸짐한 식사가 준비되어 있었다. 백작은 자신은 밖에서 식사를 이미 했다고 다시 한 번 양해를 구했다. 식사가 끝난 후에, 그는 전날과 마찬가지로 내 옆에 앉아 많은 이야기를 했다. 시간이 꽤 흘렀고 밤이 이슥해졌지만 나는 주인이 하는 이야기를 듣고 있었다. 어제 잠을 푹 잤기 때문에 졸리지 않았다.

갑자기 닭 울음소리가 맑은 새벽 공기를 뚫고 들려왔다. 그러자 백작이 벌떡 일어서며 외쳤다.

"아니, 벌써 날이 밝았나?"

그는 정중하게 인사를 한 후 재빠르게 방에서 빠져 나갔다.

나는 침실로 가서 커튼을 걷었다. 창문은 안마당을 향해 있었고 희뿌옇게 밝아오는 여명 외에는 아무것도 보이지 않았다. 나는 다시 커튼을 닫고 일기를 썼다.

5월 8일

일기를 쓴 후 잠자리에 들어 잠깐 눈을 붙였는데 이내 잠에서 깨었다. 다시 잠이 오지 않아 나는 침대에서 일어났다. 나는 창턱에 작은 손거울을 올려놓고 면도를 하기 시작했다. 그런데 내 어깨 위에 누군가의 손이 올려지더니 "잘 주무셨소?" 하는 목소리가 들렸다. 백작의 목소리였다. 순간 나는 소스라치게 놀랐다. 그가 분명 내 뒤에 있었는데 거울에 그의 모습이 비치지 않았던 것이다. 그 바람에 나는 면도날에 살짝 살을 베이고 말았다.

나는 면도기를 내려놓고 몸을 반쯤 돌려 솜을 찾았다. 그때였다. 피를 흘리고 있는 내 얼굴을 바라보던 백작의 얼굴이 갑자기 무섭게 화난 얼굴로 변하더니 눈을 빛내며 내 목을 움켜쥐었다. 내가 뒤로 물러서자 그의 손이 십자가가 달려 있는 묵주에 닿았다. 그러자 그의 얼굴이 갑자기 변했다. 분노의 표정이 순식간에 사라져버린 것이다. 나는 그가 정말로 화가 났었는지 의심스러울 정도였다.

"조심해야 하오. 그런 식으로 상처를 입지 않도록 조심하시오. 이곳에서는 당신이 생각하는 것 이상으로 위험한 일이니까."

그는 면도 거울을 손으로 잡더니 말을 이었다.

"당신이 상처를 입은 건, 이 나쁜 물건 때문이야! 인간들의 허영심이나 부추길 뿐이지! 없애버리는 게 나아."

그는 창문을 열더니 거울을 밖으로 던졌다. 거울은 마당 포석에 떨어져 산산조각 났다. 그런 후 그는 방에서 나가버렸다. 나는 앞으로 어떻게 면도를 하나 걱정이었다. 회중시계 뚜껑이나 면도용 그릇 바닥을 거울 대용으로 쓸 수밖에 없었다. 그것들이 쇠붙이로 되어 있는 것이 그나마 다행이었다.

면도를 끝내고 식당으로 들어가보니, 아침 식사가 준비되어 있었다. 그러나 백작의 모습은 보이지 않았다. 나는 혼자서 아침 식사를 했다. 아침을 먹으면서 생각하니 이상한 생각이 들었다. 아직까지 백작이 먹고 마시는 것을 보지 못했던 것이다. 정말로 희한한 사람이 아닌가!

식사를 마친 후 나는 성을 좀 돌아보고 싶어졌다. 계단 쪽으로 조금 걸어가보니 창문이 남쪽을 향해 있는 방문이 열려 있었다. 창문을 통해 보니 전망이 기가 막히게 좋았다. 막힌 곳이 하나도 없이 탁 트여 있었다. 그러나 아래는 까마득한 절벽이었다. 이 성은 절벽 맨 끝에 세워져 있었던 것이다. 창문에서 돌 하나를 떨어뜨리면 아무것에도 걸리지 않고 수백 미터 낭떠러지 아래로 굴러떨어질 게 분명했다.

전망을 보고 난 뒤 나는 성들을 이곳저곳 더 돌아다녔다. 하지만 그 어떤 방에도 들어갈 수 없었다. 방들은 모두 잠긴 채 굳건히 빗장이 질러져 있었던 것이다. 절벽을 향해 있는 창문을 통하지 않고는 절대로 밖으로 나갈 수 없었다.

성은 정말로 감옥이나 다름없었고, 나는 그 안에 갇혀 있는 것이다.

제3장

조너선 하커의 일기(계속)

　내가 갇혀 있다는 생각을 하자 화가 치밀었다. 하지만 아무리 생각해도 뾰족한 수가 없었다. 그래, 백작에게 허심탄회하게 물어보자. 내가 지레 겁을 먹고 잘못 생각하고 있는지도 모른다. 혹 정말 궁지에 몰려 있다 하더라도 화를 내서는 아무 도움이 되지 않는다. 차분히 방법을 모색해 보는 것이 옳을 것이다.

　내가 이런 생각에 잠겨 있을 때 아래층에서 문이 닫히는 소리가 들렸다. 백작이 돌아온 것이다. 그가 바로 서재로 올라오지 않자, 나는 살며시 내 방으로 갔다. 그러자 나는 깜짝 놀라고 말았다. 백작이 내 잠자리를 손보고 있었던 것이다. 그렇다면 이 집에 하인이 없다는 것은 확실해졌다.

잠시 후 백작이 식당에서 식탁을 차리는 모습도 볼 수 있었다. 더 이상 의심의 여지가 없었다. 마차를 몰고 왔던 마부도 백작 자신이라는 확신이 들었다. 아아, 저 백작은 도대체 누구인가? 비스트리츠에서, 그리고 합승 마차 안에서 내가 이곳으로 온다는 것을 알고 사람들은 왜 그렇게 두려운 표정을 지었던 것일까? 그들은 왜 마늘과 말린 들장미, 묵주와 십자가를 내게 선물로 주었던 것일까?

5월 12일

어제 저녁 백작은 내게 여러 가지 법률적인 문제와 이러저러한 업무 처리에 대해 물었다. 그는 원하던 정보를 다 알게 되자 자리에서 벌떡 일어나며 내게 물었다.

"내 친구 호킨스 씨나 다른 사람에게 편지를 쓴 일이 있소?"

나는 아니라고 대답하면서 좀 씁쓸한 기분이었다. 이제껏 내 친구들에게 편지를 보낼 기회가 없었기 때문이었다.

그러자 그가 내 어깨 위에 그의 묵직한 손을 얹으며 말했다.

"그렇다면 지금 쓰시오. 호킨스 씨에게도 쓰고 당신이 원하는 다른 사람들에게도 쓰시오. 그들에게 당신이 오늘부터 한

달간 이곳에 머물게 될 것이라고 써줄 수 있겠소?"

"제가 그렇게 오래 머물기를 원하시나요?"나는 끔찍한 생각이 들어 그에게 반문했다.

"거절할 리는 없겠지요? 나는 당신 주인의 고객 아니오? 호킨스 씨가 당신을 이곳으로 보낸 건, 내가 원하는 대로 해주라는 뜻이 아니었을까요? 어떻소, 내 말이 틀렸소?"

그의 말이 틀렸다고 대답할 수 있었다면 얼마나 좋았을까? 하지만 나는 호킨스 씨 일 때문에 이곳에 온 것이지 내 일 때문에 온 것이 아니었다. 나 자신에 앞서 호킨스 씨를 생각해야 한다. 게다가 그 말을 하는 드라큘라 백작의 눈빛과 태도는, 내가 이미 이곳에 갇혔다는 것, 그의 말을 따르는 것 외에는 다른 도리가 없다는 사실을 확인시키고 있었다. 나는 그의 말에 동의한다는 뜻으로 몸을 굽힐 수밖에 없었다.

그러자 그가 내게 세 장의 편지지와 세 장의 봉투를 내밀었다. 아주 얇은 편지지였다. 나는 그것들과 백작의 얼굴을 번갈아 보며 분명히 그 뜻을 깨달을 수 있었다. 그는 조용히 미소 짓고 있었으며 그의 날카로운 송곳니는 붉은 아랫입술 위에 놓여 있었다. 그 얼굴 표정은, 자신이 그 내용을 모두 읽어볼 것이니, 알아서 쓰라고 말하고 있었다.

나는 일단 호킨스 씨에게는 짧게 형식적인 편지를 쓰고, 긴 이야기는 나중에 혼자 있을 때 몰래 쓰기로 마음먹었다. 그리고 미나에게는 백작이 내용을 알아볼 수 없도록 속기술로 편지를 썼다. 내가 두 통의 편지를 쓴 후, 책을 읽으며 앉아 있는 동안 백작도 편지를 쓰고 있었다. 그는 편지를 끝내자 내 편지들을 집어서 자기가 쓴 편지 옆에 놓더니 밖으로 나갔다. 나는 그가 밖으로 나가자마자 몸을 기울여 그가 쓴 편지들을 바라보았다.

편지들 중 하나는 휘트비시 크레센트가 7번지, 새뮤얼 F. 빌링턴 앞으로 보내는 것이었고 다른 하나는 불가리아 바르나시의 로이트너 씨, 세 번째 것은 런던의 쿠츠 상사, 네 번째 것은 부다페스트 은행가인 클롭슈토크 빌로이트 앞으로 되어 있었다. 그중 두 번째 편지와 네 번째 편지는 봉하지 않은 채였다.

내가 손을 뻗어 그 편지를 읽어보려는 순간 문의 손잡이가 움직였다. 나는 재빨리 제자리에 앉아 다시 책을 읽는 척했다. 순간 백작이 들어섰다. 그의 손에는 다른 편지가 한 통 들려 있었다. 그는 책상 위에 놓인 편지들을 들어 하나하나 조심스럽게 우표를 붙이더니 내게 말했다.

"또 양해를 구해야겠소. 오늘 밤에 할 일이 많아서 또 외출을 해야 하겠소. 당신이 필요로 하는 건 이 성에 다 준비되어 있을 것이오."

그는 문 앞으로 가더니 다시 몸을 돌려 내게 말했다.

"나의 젊은 친구, 내가 충고 하나 하지. 글쎄, 충고라기보다는 경고가 맞을 거야. 이 방에서 나가더라도 이 방 외에 다른 방에서는 절대로 잠을 자지 말기를……. 이 성은 아주 오래된 성이고, 오래된 유물들이 많소. 그러니 허락되지 않은 곳에서 잠을 자다가는 악몽에 시달리게 될 거요. 자, 똑바로 경고했으니 알아서 하기를……."

얼마 후

작은 십자가를 침대 머리맡에 놓았음. 그렇게 하면 악몽도 꾸지 않고 조용히 쉴 수 있으리라.

백작이 떠나자 나는 내 침실로 돌아왔다. 시간이 얼마 흐른 뒤 아무 소리도 들리지 않자 나는 내 침실에서 나왔다. 그리고 돌계단을 올라가 남쪽을 바라볼 수 있었던 방으로 갔다. 나는 창에 기대어 밖을 내다보았다. 광활하게 펼쳐진 바깥 풍경을 바라보고 있자니 갇혀 있다는 느낌이 더 강하게 들었다.

그때였다. 아래층 창문 언저리에서 뭔가 움직이는 것이 보였다. 백작의 방에 나 있는 창문 같았다. 나는 창살 뒤에 몸을 숨기고 조심스럽게 아래를 내려다보았다.

백작이 창문으로 머리를 내밀고 있었다. 그의 모습을 위에서 내려다보니 호기심도 일고 재미도 있었다. 하지만 그 감정은 곧바로 혐오감과 공포로 변해버렸다. 백작이 창밖으로 몸을 내미는가 싶더니, 머리를 아래로 한 채 성벽을 기어 내려가는 것이 아닌가! 그는 이 아찔한 심연 위에 매달려 있었으며 그가 입고 있는 망토가 마치 거대한 날개처럼 펄럭이고 있었다. 나는 내 두 눈을 의심할 수밖에 없었다. 나는 달빛의 작용에 의한 환영이나 그림자를 잘못 본 것이라고 생각했다. 하지만 좀 더 주의 깊게 바라보자 잘못 본 것이 아님이 분명해졌다. 그는 마치 도마뱀이 벽을 따라 내려가듯 재빨리 아래로 내려갔다.

그는 도대체 어떤 사람인가? 혹은 사람의 형상을 한 어떤 다른 존재란 말인가? 이제까지 그때 느꼈던 것 이상의 공포를 느껴본 적은 없었다. 오오, 이곳이 나는 무섭다. 정말 너무 너무 무섭다. 그런데 이곳에서 벗어나는 것은 불가능하다…….

5월 16일 아침 – 신이시여! 마음의 균형을 잃지 않게 해주소서. 제가 할 수 있는 일은 그것밖엔 없나이다.

나는 그 방에서 일기를 쓰기 시작했다. 그것만이 나를 인도

해줄 것이며, 내가 발견한 것들을 자세히 기록하다 보면 내 마음도 가라앉을 것이다.

일기를 쓴 후 일기장과 펜을 주머니에 넣고 나니 졸음이 밀려왔다. 하지만 나는 내 침실로 돌아가지 않았다. 아무 데서나 잠을 자선 안 된다는 백작의 경고가 귀에 울렸지만 한편으로는 그의 경고를 무시하는 데서 쾌감을 느꼈다.

나는 기다란 소파를 창가로 끌고 와 그 위에 누웠다. 그리고 서쪽과 남쪽의 아름다운 경치를 마음껏 감상했다. 탁 트인 경치가 기분을 상쾌하게 해주었다. 나는 아마 잠이 들었던 것 같다. 아니, 잠이 들었던 것이라고 믿고 싶다. 그러나 그 뒤에 내게 일어난 일이 너무나 생생해서 지금 밝은 아침 햇살 아래 생각해보면 그 모든 일이 꿈이었다고는 믿어지지 않는다.

그 방에는 나 혼자 있던 것이 아니었다. 내 앞에는 세 명의 젊은 여인들이 있었다. 옷매무새나 태도로 보아 귀부인들로 보였다. 나는 분명 꿈을 꾸고 있다고 생각했다. 그도 그럴 것이 그녀들 뒤로는 달빛이 비치고 있었건만 그림자가 보이지 않았던 것이다. 그녀들은 내게로 다가오더니 나를 한동안 바라보았다. 그러고는 자기네들끼리 뭔가 속삭였다.

세 명 중 두 명의 머리칼은 갈색이었고 백작처럼 매부리코에 날카로운 검은 눈을 하고 있었다. 또 한 명은 말할 나위 없이 아름다웠으며, 기다란 금발이 물결치고 있었고 사파이어처럼 푸른 눈을 하고 있었다. 셋 중 아름다운 여인이 내게 다가와 그 숨결이 느껴질 만큼 내게 몸을 기울였다. 여인의 숨결은 꿀처럼 달콤했지만 그 달콤함에는 뭔가 쌉쌀한 것이 뒤섞여 있었다. 그 쌉쌀힘은 미치 피 냄새를 맡았을 때와 비슷했다. 그녀는 나를 향해 고개를 숙이며 입술을 핥았다.

그 여인의 고개가 차츰차츰 숙여지더니 그 입술이 나의 입과 턱 언저리까지 내려왔다. 여자는 잠시 뜸을 들였다. 잠시 그녀의 혀로 이와 입술을 핥는 것 같은 소리가 들리더니 이윽고 뜨거운 입김이 내 목에 닿는 것이 느껴졌다. 이어서 날카로운 이빨 두 개가 내 살갗을 가볍게 무는 것이 느껴졌다. 나는 몽롱한 흥분 상태에서 눈을 감은 채 있었다. 그렇다! 나는 기다리고 있었다. 가슴을 두근거리며 기다리고 있었던 것이다!

순간 백작이 나타났다. 마치 폭풍우 속에서 갑자기 나타난 것 같았다. 그의 강철 같은 손이 여인의 섬세한 목을 움켜쥐더니 무시무시한 힘으로 잡아채는 것이 보였다. 여인의 눈이 분노로 이글거렸고, 하얀 이를 바드득 갈았으며, 예쁜 뺨은 분노로 빨갛게 달아올랐다.

그런데 백작의 모습이란! 그보다 더 화난 모습을 상상하기 어려울 정도였다. 그의 눈이 이글이글 타오르고 있었다. 마치 지옥의 유황불이 타오르고 있는 것 같았다. 백작은 팔을 사납게 휘둘러 그 여인을 방 저쪽으로 내동댕이쳤다. 그리고 나머지 두 여인에게 손짓을 했고 두 여인은 뒤로 물러섰다.

여인들 중 한 명이 나지막한 웃음소리를 내며 말했다.

"그럼 오늘 밤에는 아무것도 없는 거예요?"

그녀는 그 말을 하면서 손가락으로 백작이 마루에 던져 놓은 자루를 가리켰다. 자루 안에는 뭔가 살아 있는 것이 들어 있는 듯 꿈틀거리고 있었다.

대답 대신 백작이 고개를 끄덕였다. 여인들 중 한 명이 앞으로 뛰어가 자루를 열었다. 내게는 반쯤 숨이 막힌 어린아이의 신음 소리가 들렸던 것 같기도 하다. 여인들이 자루 주위를 둘러쌌을 때 나는 공포로 숨이 막혀왔다. 그런데 내가 다시 눈길을 마루로 던졌을 때 그녀들은 이미 사라지고 없었다. 자루도 그 자리에 없었다. 정신이 몽롱한 가운데, 창문 밖으로 어렴풋이 희미한 형체들이 보였던 것도 같다.

나는 너무나 엄청난 공포에 휩싸여 그만 정신을 잃고 말았다.

제4장

조녀선 하커의 일기(계속)

5월 19일

틀림없이 나는 백작의 그물에 갇혀 있다. 이곳에서 탈출을 꿈꾸는 것은 소용없는 일이었다.

어제 저녁 그는 아주 정중한 어조로 내게 세 통의 편지를 쓰게 했다. 그중 첫 번째 편지는 이곳의 일이 거의 끝나가서 수일 내로 출발하리라는 내용이었고, 두 번째 편지는 내가 내일 출발한다는 내용이었다. 그리고 마지막 편지는 내가 성을 떠나 비스트리츠에 도착했다는 내용이었다.

그는 우편배달이 불규칙해서 앞으로 보낼 편지를 미리 써놓는 것이라고 내게 설명했다. 나는 그의 생각을 수긍하는 척하고, 편지에 날짜를 어떻게 적어 넣어야 하느냐고 물었다.

"첫 번째 것은 6월 12일로 하고, 두 번째 것은 6월 19일, 마지막 것은 6월 29일로 하시오."

나는 그의 말을 듣고 내 목숨이 언제까지 붙어 있을지 알게 되었다. 하느님, 저를 보호해 주소서!

5월 28일

탈출의 기회가 온 것 같았다. 아니, 최소한 내 사정을 알릴 기회가 온 것 같았다. 이 지역에 사는 집시 사람들이 성으로 와서 뜰에 머무는 모습을 보게 된 것이다. 그들이 이곳에 왜 왔는지는 모르지만 어쨌든 그들을 통해 편지를 보낼 수 있는 기회가 온 것이다. 그래, 편지를 몇 통 써서 그들에게 부쳐달라고 해야겠다. 나는 창문을 통해 그들에게 손짓 발짓으로 내 존재를 알렸고, 그 무언가 부탁한다는 표시를 했다. 그들의 말을 이해할 수 없었기 때문이었다.

나는 편지를 써서 준비했다. 미나에게는 속기법으로 썼고 호킨스 씨에게는 미나에게 연락을 해보라는 부탁만 했다. 미나에게도 내가 처한 상황을 간단하게만 언급하고, 내가 겪은 무시무시한 일에 대해서는 언급하지 않았다. 내가 미친 사람 취급을 받을지도 몰랐기 때문이었고, 혹시 미나가 충격을 받을까봐 두려웠기 때문이었다. 또한 만일 백작이 도중에 편지를 가로채보더라도, 내가 알고 있는 게 어느 정도인지 모르게 하기 위해서였다.

나는 창살 사이로 금화 한 닢과 함께 편지를 그들에게 던진 후, 온갖 몸짓을 다해 그걸 부쳐달라는 표시를 했다. 그들은 편지를 가슴에 꼭 껴안은 채 허리를 굽혀 알았다는 표시를 했다.

나는 서재로 돌아가서 책을 읽기 시작했다. 그런데 얼마 지나지 않아 백작이 들어왔다. 그는 내 곁에 앉더니 편지 두 통을 품에서 꺼내면서 아주 차분한 음성으로 말했다.

"집시 녀석들이 내게 이 편지를 전해주더군. 이건 당신 사인이 되어 있는 편지로군요. 호킨스 씨에게 보내는 편지……, 그리고 다른 하나는……."

그는 봉투를 열더니 이상한 글씨들을 바라보았다. 그의 얼굴이 어두워지더니 그의 두 눈이 분노와 악의로 빛났다.

"이건 야비한 짓이야. 내가 그토록 애정으로 환대해주었는데 배신을 하다니! 하지만 서명이 없는 편지로군. 당신이나 나와는 아무 상관없는 편지로군."

제4장

41

그는 아주 천천히 편지를 램프 불빛 가까이 가져가서 그것이 봉투와 함께 다 타들어갈 때까지 들고 있었다.

그가 다시 말했다.

"호킨스 씨에게 보낸 편지에는 분명 당신 사인이 되어 있으니 내가 보내주겠소. 무심코 겉봉을 뜯어서 미안하오. 다시 봉인하고 날인해주겠소?"

그는 내게 깨끗한 봉투를 정중하게 내밀었다. 내가 주소와 수신인 이름을 써서 건네주자 그가 편지를 받아 밖으로 나갔다. 그런데 밖에서 자물쇠를 잠그는 소리가 들렸다. 잠시 후 나는 문 앞으로 다가가 문고리를 돌려보았다. 문은 잠겨 있었다.

5월 31일 - 새로운 충격적인 놀라운 일이!

잠에서 깨어보니 남아 있던 종이와 서류들이 모두 사라져버렸다. 사소한 것들뿐 아니라 내가 성 밖으로 나가게 되면 긴요하게 쓸 데가 있는 것들도 모두 사라져버렸다. 나는 여행용 가방을 뒤져보고 내 옷을 넣어둔 옷장을 살펴보았다.

그런데 이런 놀라운 일이! 내가 여행하면서 입었던 옷들도 없어졌고, 외투와 여행용 무릎 덮개도 사라졌다. 그가 또 어떤 음모를 감추고 있는 것일까?

6월 17일

오늘 아침, 밖에서 말채찍 휘두르는 소리와 말들이 성의 뜰로 통하는 자갈밭을 걷는 소리가 들렸다. 반가운 마음에 창가로 달려가니 커다란 마차 두 대가 성 안으로 들어오고 있는 모습이 보였다. 각각 건장한 말 여덟 마리가 끌고 있었고 마부 자리에는 슬로바키아 목장을 한 사람이 한 명씩 앉아 있었다.

마차에는 네모난 커다란 상자들이 실려 있었고 상자마다 두터운 밧줄로 만든 손잡이가 달려 있었다. 상자에서 나는 소리로 보아 비어 있는 것이 틀림없었다. 그들이 상자들을 마당 구석에 내려놓자 집시들이 슬로바키아 사람들에게 돈을 주었다. 돈을 받은 슬로바키아 사람들은 마부석에 올랐고 잠시 후 마차는 멀어져갔다.

저건 도대체 무슨 상자들일까? 백작은 무슨 음모를 꾸미고 있는 것일까?

6월 24일, 동트기 직전

어제 저녁, 백작은 일찍 내 곁을 떠나 자기 방에 틀어박혔다. 그가 자기 방에 처박혀 있으니 별 위험이 없으리라 생각하고 나는 계단을 뛰어 올라가 남쪽으로 나 있는 창문 앞에 섰다.

창문 앞에 약 삼십 분 가량 서 있었을 때였다. 백작의 창을 통해 누군가 밖으로 나오고 있었다. 놀랍게도 그건 나였다. 더 정확히 말한다면, 내 복장을 한 백작이었다. 그의 어깨 위에는 그 여자들이 가지고 갔던 그 끔찍한 자루가 매달려 있었다.

그가 무슨 짓을 하러 가는지 불을 보듯 뻔했다. 그가 내 옷을 입고 나가는 의도도 뻔했다. 그는 극도로 사악한 짓을 하고 있는 것이었다. 결국 나중에 사람들은 그가 한 짓을 내가 한 짓으로 생각할 것이다. 사람들은 내가 우체국에서 편지를 부치는 모습을 보았다고 할 것이며, 그가 저지른 모든 범죄를 내가 뒤집어쓰게 될 것이다. 꼼짝 못 하고 갇혀 있는 동안에 그런 일이 벌어지다니! 나는 분노로 몸을 떨었다.

나는 그렇게 두세 시간을 그 자리에 있었다. 그런데 백작의 방에서 무언가 움직이는 소리가 들렸다. 날카로운 울음소리가 들리다가 곧 멈춘 것 같았다. 궁금해서 견딜 수가 없어 문고리를 돌려 보았지만 문은 잠겨 있었다. 나는 내 침실, 식당, 서재, 남쪽으로 창문이 난 방 외에는 갈 곳 없이 갇혀버린 것이다.

바로 그때였다. 바깥쪽 마당에서 누군가 울부짖는 소리가 들렸다. 어떤 여자가 고통스럽게 내지르는 울부짖음이었다. 나는 창가로 갔다. 실제로 한 여자가 머리를 풀어 헤치고 두 손을 가슴에 댄 채 울부짖고 있었다. 그녀가 창가의 내 모습을 보자 위협하듯이 고함을 질렀다.

"이 괴물아! 내 아이를 내놔!"

너무나 애처로운 목소리였다. 마침내 여자가 문 앞으로 달려들었다. 모습은 보이지 않았지만 맨손으로 마구 문을 두드리는 것 같았다.

그때 저 위, 분명 성 꼭대기 어디에선가 백작의 목소리가 들렸다. 그는 금속성이 섞인 쉰 목소리로 무언가를 부르고 있었다. 몇 분 후, 한 떼의 늑대들이 마치 봇물이 터진 것처럼 입구를 통해 마당으로 뛰어 들어왔다.

여인의 비명 소리조차 들리지 않았고 늑대들도 곧 울부짖음을 그쳤다. 곧 늑대들이 주둥이를 핥으며 마당을 빠져나가는 모습이 보였다.

여인이 불쌍하다는 생각조차 들지 않았다. 그녀의 아이가 앞으로 어떤 운명에 처하게 될 것인지 알고 있는 나로서는 차라리 그녀의 처지가 낫다고 생각되었기 때문이었다.

6월 25일 - 드디어 저 아래 갔다 왔다. 하느님의 도움으로, 나는 안전하게 내 방으로 돌아왔다.

자세히 이야기를 해보기로 하자.

아침에 태양이 솟아오르자 내게 용기가 솟았다. 내가 죽음의 공포에 시달릴 때는 언제나 밤중이었다. 그렇다. 해가 떠 있는 동안에 무언가 해야 한다. 이런저런 생각에 빠져 있을 때가 아니다. 행동이 필요하다. 나는 언제나 백작의 모습을 밤에만 보아 왔다. 낮에 그의 모습을 보아야 한다. 그의 방으로 들어갈 수만 있다면!

하지만 그의 방문은 언제나 잠겨 있었다. 게다가 나는 내 방에서 나갈 수조차 없다. 무슨 방법이 없을까? 그래, 창문을 통해 내려가 보는 거야. 한번 모험을 해보는 거야. 아무리 잘못 돼봐야 죽기밖에 더 하겠는가?

하느님, 제발 제게 도움을 주소서! 내가 만일 실패한다면 이게 미나에게 보내는 마지막 작별 인사가 되겠지. 미나, 안녕! 부디 행복하길! 내게 아버지와 다름없는 호킨스 씨에게도 인사를 드려야지! 부디 평안하시길!

나는 남쪽으로 난 창문으로 달려갔다. 그리고 지체 없이 창문 밖으로 나가 건물 남쪽 면에 빙 둘러쳐진 좁은 테두리로 내려섰다. 나는 아래쪽으로는 눈길을 주지 않았다. 발아래 까마득한 낭떠러지를 내려다보다가는 아찔해서 발을 헛디딜 수도 있기 때문이었다. 백작의 방 창문까지의 거리와 방향을 정확히 가늠하고 있던 나는 쉽사리 그곳으로 내려갈 수 있었다.

나는 창틀을 조심조심 들어 올리고 안으로 미끄러져 들어갔다. 나는 두 눈으로 백작을 찾았다. 하지만 불행인지 다행인지 백작은 보이지 않았다. 한구석에 쌓여 있는 오래된 금화들이 내 눈길을 끌었다. 로마 시대의 것과 영국, 오스트리아, 헝가리, 그리스, 터키 등의 금화였는데 먼지가 뿌옇게 쌓여 있는 것이 최소한 300년 이상은 묵은 것들 같았다. 그 외에도 보석이 박힌 목걸이, 장신구 들이 있었는데 모두 오래된 것들이었다.

그때 벽 한쪽에 나 있는 문이 눈에 띄었다. 문은 열려 있었다. 문을 열고 안으로 들어가니 돌로 된 긴 복도가 있었고 이어서 아래로 내려가는 나선형 계단이 나타났다. 어두워서 무서웠지만 나는 용기를 내어 계단을 내려가기 시작했다.

계단을 다 내려가니 굴속같이 어두운 복도가 나타났고 역겨운 냄새가 진동했다. 복도를 따라 앞으로 나아갈수록 냄새는 더 심해졌다. 이윽고 문이 하나 나타났다. 그 문을 열고 안으로 들어가니 교회 묘지로 사용되었음에 틀림없는 곳이 나타났다. 얼마 전에 땅을 파헤쳐 놓은 것이 분명했고 흙들이 나무 상자에 담겨져 있었다. 얼마 전에 슬로바키아 사람들이 가져온 상자였다.

　나는 구석구석 뒤져본 후 납골당으로 내려갔다. 그곳에서 나는 아연 실색했다. 전부 50개가량의 나무 상자들 중 하나에 갓 파낸 흙을 깔고 그 위에 백작이 누워 있었던 것이다. 죽은 것일까, 아니면 잠들어 있는 것일까? 눈을 뜨고 있었지만 그 눈은 화석처럼 굳어 있었다. 하지만 죽은 사람의 눈처럼 흐릿하지는 않아서 죽었다고 보기는 어려웠다. 게다가 뺨은 창백했지만 살아 있는 사람의 온기를 느끼게 해주었다. 입술도 평소처럼 붉었다.

　하지만 그 몸은 조금도 움직이지 않았고 전혀 숨을 쉬는 것 같지도 않았으며 심장은 멈춰 선 것 같았다. 나는 고개를 숙이고 그에게서 살아 있는 사람의 흔적을 찾으려 해보았다. 하지만 허사였다. 그가 그곳에 오래 누워 있지 않은 것만은 분명했다. 아직 갓 파낸 싱싱한 흙냄새가 그것을 증명해주고 있었다. 상자 옆에는 뚜껑이 기대어 세워져 있었으며 여기저기 구멍이 뚫려 있었다.

　나는 백작의 주머니에 열쇠들이 있으리라 생각하고 주머니를 뒤지려 했다. 그런데 그 순간, 분명 죽어 있는 듯이 보이던 그의 두 눈, 분명 내가 온 것을 보지 못하고 있을 그 눈에 일종의 증오의 빛이 떠올랐다.

나는 그만 무서워져 그의 방으로 되돌아온 후, 창문을 통해 빠져나와 다시 벽을 타고 기어올랐다. 방으로 돌아온 나는 숨을 헐떡거리며 침대에 몸을 던졌다. 이게 도대체 무슨 기이한 일들이란 말인가? 아무리 생각을 가다듬어 섭리를 떠보려 해도 소용이 없었다.

6월 29일

내 편지의 마지막 날짜가 바로 오늘이다. 편지 내용대로라면 나는 비스트리츠에 있어야 한다. 백작은 날짜가 추호도 어김이 없게 만들기 위해 어젯밤 무언가 조치를 취했음이 분명하다. 그가 어제 내 옷을 입고 창문을 통해 밖으로 나가는 모습을 보았던 것이다.

나는 서재로 들어가 책을 읽다가 잠이 들었다. 그러다가 백작의 말소리에 나는 잠에서 깼다. 그의 목소리는 뭔가 절박한 것 같았다.

"하커 씨, 내일이면 우리는 헤어져야 하오. 당신은 아름다운 영국으로 돌아갈 것이고 나는 새로운 일을 해야 하오. 어쩌면 우리는 영원히 다시 만나지 못할 것 같소. 당신의 편지들은 이

제4장

49

미 우체국에 있소. 내일이면 나는 여기 없을 테지만 당신 출발 준비는 다 해놓았소. 내일 집시들과 슬로바키아 사람들이 올 거요. 할 일들이 있어서 오는 것이오. 그들이 가고 나면 마차가 당신을 보르고 언덕까지 데려다줄 것이고, 거기서 비스트리츠 행 합승 마차를 타면 되오. 하지만 당신을 다시 드라큘라 성에서 볼 수 있게 되기를 기대하오."

나는 다시 방으로 돌아왔다. 나와 헤어질 때 백작의 눈에는 의기양양한 붉은 빛이 어려 있었고, 유다의 미소처럼 자신에 찬 미소를 띠고 있었다.

방으로 돌아와 막 침대에 누우려고 하는 순간 문밖에서 속삭이는 소리가 들리는 것 같았다. 나는 발끝으로 문가로 다가가 귀를 기울였다. 틀림없는 백작의 목소리가 들렸다.

"안 돼, 안 돼! 어서 돌아가! 아직 너희들 차례가 아니야. 좀 더 참고 기다려! 오늘 밤은 내 차례고 너희들 차례는 내일 밤이야!"

나는 문을 확 열어젖혔다. 밖에는 그 끔찍한 여자들이 입술을 핥으며 서 있었다. 내가 나타나자 그녀들은 불길한 웃음을 터뜨리며 사라져버렸다.

다시 방으로 들어온 나는 무릎을 털썩 꿇었다. 내 종말이 다가온 것인가? 내일! 오, 하느님 저를 구해주소서!

6월 30일 아침

이것이 내 마지막 일기가 될지도 모른다. 새벽이 밝아오기 전에 잠에서 깨자 나는 곧바로 무릎을 꿇었다. 내 마지막 날이 밝은 것이라면, 의연하게 죽음을 맞이하고 싶었기 때문이었다.

그런데 곧 아침이 밝았다. 새벽 닭 우는 소리가 들려오자 나는 내가 구세되었다는 느낌이 들었다. 나는 방문 손잡이를 돌려보았다. 내 방문은 잠겨 있지 않았다. 나는 가벼운 마음으로 문을 열고 아래층으로 내려갔다. 그래, 현관문을 통해 도망갈 수 있을지도 모른다! 나는 초조하게 떨리는 손으로 쇠사슬을 풀고 빗장을 열었다.

하지만 문은 꼼짝도 하지 않았다. 나는 무슨 수를 써서라도 열쇠를 손에 넣어야겠다고 생각하고 다시 벽을 타고 내려가 백작의 방으로 들어가야겠다고 결심했다.

나는 즉시 남쪽으로 창문이 난 방으로 들어가 창가로 갔다. 그리고 벽을 타고 내려가 백작의 방으로 갔다. 백작의 방은 비어 있었다. 금화 더미는 그대로 있었지만 어디에서도 열쇠를 발견할 수 없었다. 나는 지난번에 갔던 길을 더듬어 다시 납골당으로 갔다. 나는 괴물이 어디 누워 있는지 이제 훤히 알고 있었다.

전과 같은 자리에 커다란 나무 상자가 있었지만 이번에는 뚜껑이 닫혀 있었다. 곧 못질할 준비가 된 듯 못들이 박혀 있었다. 열쇠는 분명 백작이 지니고 있으리라 생각하고 나는 뚜껑을 열어 벽에 기대어 놓았다. 순간 오오, 너무나 무서운 광경이 눈에 들어왔으니!

백작이 그곳에 있었다. 그런데 놀랍게도 반쯤은 젊음을 되찾은 모습이었다. 그의 백발과 흰 수염은 회색으로 변해 있었으며 뺨이 볼록해졌고 창백한 피부에는 불그스름한 기운이 감돌고 있었다. 입술은 전보다 더 붉었다. 신선한 핏방울이 입가에 묻어 있었고, 턱과 목 위로 흘러내리고 있었던 것이다. 이 무시무시한 괴물이 방금 피를 마신 것이 틀림없었다.

그에게 손을 대려고 몸을 구부리면서 나는 몸서리를 쳤다. 내 온몸이 그 괴물과 접촉하는 걸 거부하고 있었다. 하지만 나는 용기를 내서 그의 옷 주머니들을 뒤졌다. 그렇지만 어디에도 열쇠는 없었다.

나는 동작을 멈추고 백작의 얼굴을 유심히 살펴보았다. 그 부푼 얼굴에 서려 있는 조롱하는 듯한 미소에 나는 이성을 잃었다. 이 괴물이 런던에 간다면 얼마나 많은 희생자가 생길 것인가! 그렇다! 이 괴물을 이 세상에서 없애야 한다!

내 수중에 무기는 없었다. 순간 인부들이 사용하던 삽이 눈에 들어왔다. 나는 삽을 높이 쳐들고 괴물의 얼굴을 향해 내리쳤다. 그 순간, 백작의 얼굴이 슬며시 움직이더니 이글거리는 눈으로 나를 바라보았다. 그 시선에 온몸이 마비되는 것 같았다. 그 바람에 삽이 그의 얼굴을 제대로 내리치지 못하고 옆으로 비껴 이마에 기버운 상처를 냈을 뿐이었다. 나는 다시 삽을 집어 들려고 했다. 하지만 삽의 옆 날이 관 뚜껑을 건드렸고 뚜껑이 덮여 그의 얼굴이 내 눈앞에서 사라졌다. 내가 마지막으로 본 백작의 모습은 지옥의 밑바닥에서나 볼 수 있을 것 같은 사악한 미소를 띤, 피로 얼룩진 얼굴이었다.

나는 사악한 몸뚱이가 담겨져 있는 관과 주변을 한 번 더 둘러본 후 백작의 방으로 돌아왔다. 그런데 멀리서 집시의 노래가 들려왔다. 노래 사이로 육중한 마차 바퀴 소리가 들렸다. 나는 귀를 기울였다. 내가 방금 떠나온 지하에서 삐걱하고 문이 열리는 소리가 들렸다. 그곳에서도 밖으로 나가는 문이 있는 것이 틀림없었다. 나는 복도를 쿵쿵거리는 사람들 발소리가 사라지는 것을 기다려 지하 납골당으로 내려가려고 했다. 그곳에 출구가 있는 게 분명했다.

그런데 내가 납골당으로 내려가는 문을 열려는 순간 사나운 광풍이 휘몰아치더니 계단으로 향하는 문이 쾅 닫혀버렸다. 내가 문을 열려고 힘을 써보았지만 문은 꼼짝도 하지 않았다. 나는 다시 갇힌 신세가 된 것이다. 운명의 그물이 조금씩 나를 조여 오고 있었다.

이 글을 쓰고 있는 지금, 지하 복도에서 사람들이 쿵쿵거리며 오가는 소리가 들린다. 그리고 흙이 담겨 있는 무거운 상자들을 부리는 소리, 상자에 못질하는 소리가 들린다. 이어서 홀을 지나가는 발자국 소리가 들렸고 여러 사람들이 그 뒤를 따르는 소리가 들렸다. 이어서 문이 닫히는 소리, 자물쇠와 빗장이 걸리는 소리가 들린다.

곧이어 마당에서 육중한 마차 바퀴가 굴러가는 소리, 말채찍 휘두르는 소리, 집시들 노랫소리가 들리더니 그 소리들이 멀어져갔다.

이제 이 성 안에는 그 무시무시한 여자들과 나만 남았다. 그 지옥에서 온 마녀들! 이렇게 이곳에 갇혀 있을 수는 없다. 벽을 타고 더 아래까지 내려가야만 한다. 아무려면 신의 자비로우심이 이 괴물들만 못하랴!

제5장

미나 머레이 양이 루시 웨스텐라 양에게 보내는 편지

5월 9일

사랑하는 루시,

오랫동안 소식 전하지 못해서 미안해. 요즘 너무 바빴어. 보조 여교사 일도 바쁘지만 조너선에게 도움이 될 수 있을 만한 공부를 하고 있기 때문이야. 나는 속기술을 열심히 공부하고 있어. 결혼하면 조너선이 말하는 걸 빨리 받아 적은 후, 나중에 타자로 쳐줄 수 있을 거야. 네게 이런 자그마한 계획에 대해 이야기해주자니 내 마음이 기뻐.

방금 조너선에게서 아주 짧은 편지를 받았어. 여전히 트란실바니아에 있대. 잘 지내고 있고 일주일 후쯤이면 돌아올 거래.

너의 다정한 벗 미나 씀

추신 : 내게 답장할 때 모든 이야기를 다 해줘. 오랫동안 아무 얘기도 안 해줬잖아. 키가 후리후리한 곱슬머리 남자 얘기는 뭐니? 궁금해 죽겠다.

루시 웨스텐라 양이 미나 머레이 양에게 보내는 편지

5월 17일 수요일, 채텀가에서

사랑하는 미나,

키가 후리후리한 남자가 누구냐고 물었지? 최근에 대중 음악회에 함께 갔던 사람을 말하는 모양이구나? 그걸 본 사람이 이러쿵저러쿵 떠드나보지? 그는 홈우드 씨야. 우리 집을 자주 방문해.

얼마 전 홈우드 씨가 어떤 의사를 한 명 소개해주었어. 네가 조너선과 약혼한 사이만 아니라면 네게 소개해주고 싶을 정도로 훌륭한 사람이야. 잘생기고, 돈도 많고, 가문도 좋고……. 겨우 스물아홉 살인데 커다란 정신 병원을 운영하고 있어. 그 사람도 요즘 우리 집에 자주 와. 내가 보기엔 내가 지금까지 만난 그 어떤 남자보다 침착하고 과단성이 있어.

사실을 말해줄게. 너하고 나 사이에는 어릴 적부터 비밀이 없었잖아.

난 아서를 사랑하고 있어. 그 사람도 나를 사랑해. 아직 내게 그런 말을 직접 하진 않았지만 난 충분히 알 수 있어. 이런! 내가 홈우드 씨 이름을 네게 말해버렸네.

미나야, 사실 그건 비밀이라고 할 수도 없어. 난 네가 내 행복을 빌어주길 바라.

너의 영원한 친구 루시

5월 24일

사랑하는 미나에게,

좋은 일은 한꺼번에 닥치기 마련인가봐. 이제 9월이면 나도 스무 살이 돼. 하지만 아직 아무에게도 청혼을 받아본 적이 없어. 그런데 오늘 한꺼번에 세 사람의 청혼을 받은 거야! 그래!

하루에 무려 세 건의 청혼이라니!

하지만 다 받아들일 수는 없잖니? 다른 두 사람에게 정말 미안해.

그중 한 명은 전에 말한 적 있는 존 수어드 박사야. 그가 정오쯤에 와서 내게 청혼했어. 내게 단도직입적으로 말하더구나. 나를 안 지 얼마 되지 않았지만 내가 자기 곁에서 자기를 도와주고 자기에게 힘을 줄 수 있다면 더없이 행복할 것이라고 말했어.

미나, 나는 내가 다른 사람을 사랑하고 있다고 말하는 게 내 의무라는 생각이 들었어. 내가 그 말을 하자 그는 그 자리에서 일어서더니 아주 다부지게 말했어. 내가 행복하기를 바란다고, 언제나 친구가 필요할 때면 자기를 친구로 생각해달라고 말이야. 그러자 나는 그만 왈칵 울음을 터뜨리고 말았단다.

누군가에게 청혼을 받는 일은 아주 멋진 일이지만, 그렇다고 늘 행복하기만 한 건 아닌가봐. 생각해봐. 너를 진정으로 사랑하는 사람이 상처를 받고 곁을 떠나는 모습을…….

미나, 잠시 편지를 중단해야겠어. 너무 슬퍼서 더 이상 편지를 쓰기가 힘들어. 하지만, 하지만 나는 행복해!

같은 날 저녁

아서가 내 곁에 있다가 조금 전에 갔어. 이제 마음이 많이 편해졌어.

미나야, 두 번째 청혼자가 누군지 말해줘야겠지? 그 사람은 껌딱지 지나시 있어. 그 사람도 아서와 친구야. 미국 텍사스에서 온 남잔데, 아주 매력적이야. 겉보기에 너무 젊어 보여서 벌써 그렇게 많은 나라를 돌아보고 그렇게 수많은 경험을 했다는 사실이 믿기지 않을 정도야. 퀸시 모리스 씨는 내게 자기가 겪은 모험에 대해 수많은 이야기를 해주었어.

그는 아주 쾌활한 표정으로 내 곁에 앉아서 이야기를 했지만 뭔가 긴장한 것 같았어. 그가 내 손을 잡더니 정말로 부드럽게 말했어.

"루시 양, 나는 아직 당신의 예쁜 구두의 끈을 매줄 자격을 갖추지 못한 사람입니다. 하지만 그런 자격을 가진 사람을 기다리고 계신다면, 제게 그런 자격을 주시지 않겠습니까? 그대여, 당신의 마차를 제 마차와 묶어, 같이 마차를 타고 곁에 앉아 함께 길을 떠나시지 않으시렵니까?"

그 말을 할 때 그의 표정이 너무나 밝고 명랑해서 그의 청혼을 거절하는 건 수어드 박사의 청혼을 거절하는 것보다 훨씬

제5장

59

쉬울 것 같았어. 그래서 나는 그의 청혼을 아주 가볍게 받아 넘겼어. 나는 아직 마차를 묶을 준비가 안 되어 있다고 말이야.

그러자 그가 아주 진지해지더구나. 나는 그만 아차 하고 말았어. 그는 내게 이미 사랑하는 사람이 있다면 절대로 나를 곤란하게 만들지 않겠다며 영원히 친구로 남아 있자고 말했어.

미나야, 두 사람 다 정말 고결한 사람들이야. 나라는 여자가 과연 그런 분들에게 사랑을 받을 자격이 있는지 정말 잘 모르겠어.

미나, 세 번째 사람에 대해서는 자세히 이야기 안 해도 되겠지? 그래, 조금만 이야기할게. 정말 나도 뭐가 뭔지 모르겠어. 정말 한순간의 일이었어. 그가 방 안으로 들어와서 갑자기 나를 껴안더니 입을 맞추었어. 나는 너무, 너무 행복했을 뿐이야.

안녕.

수어드 박사의 일기(축음기 녹음)

5월 25일

오늘은 기운이 없다. 청혼이 거절된 이후로 모든 게 허망하기만 하다. 그 무엇 하나 중요한 것으로 여겨지지 않는다. 이럴 때 유일한 치료 약은 일이라는 것을 나는 잘 알고 있다. 나는 기운을 추슬러 환자들을 보러갔다.

내 환자 중에는 아주 흥미로운 환자가 한 명 있었다. 그의 행동은 아주 특이했다. 나는 그에게 무슨 일이 일어나고 있는지 힘이 닿는 데로 연구해보기로 결정했다. 이제 조금씩 그의 신비 속으로 들어가고 있는 듯하다.

R. M. 렌필드. 다혈질이며 체력이 대단하다. 병적으로 쉽게 흥분하며 한동안 우울증 증세를 보이다가 최근에는 편집증 증세를 보인다. 하지만 그의 상태를 쉽게 파악할 수 없다. 다만 그가 좀 위험한 상태에 있다는 것만이 확실할 뿐이다.

제6장

미나 머레이의 일기

7월 24일, 휘트비에서

루시가 역 개찰구로 마중을 나왔다. 어느 때보다 예쁘고 매력적이었다. 우리는 크레슨트의 한 호텔로 갔다. 그 호텔의 한 아파트에 그녀와 그녀의 어머니가 머물고 있었다. 그곳은 아주 매력적인 곳이었다.

밀물 때면 그곳의 풍경은 정말 멋졌다. 멀리 항구가 입을 벌리고 있으며, 항구 밖으로는 길이가 족히 1킬로미터 가까이 되는 암초가 등대 뒤로 뻗어 있다. 그 암초가 끝나는 곳에 부표가 있고 그 부표에는 종이 달려 있어, 날씨가 험할 때는 음산한 소리를 냈다. 이곳에서 전해지는 전설에 의하면 배가 실종되면 저 멀리 난바다까지 그 종소리가 울려 퍼진다고 한다.

8월 1일

나는 한 시간 정도 전부터 루시와 함께 바다를 내려다보며 앉아 있다. 나는 그곳에 다른 두 친구와 함께 매일 오곤 하는 노인과 흥미 있는 이야기를 나누었다. 내가 그에게 종소리와 관련된 전설 이야기를 하자 노인이 말했다.

"아가씨, 그런 거 다 허무맹랑한 이야기들이야. 마법에 걸렸다느니, 귀신이 나온다느니 하는 이야기들은 좀 정신이 나간 늙은 할망구들이나 솔깃할 이야기일 뿐이지. 무슨 기적이 일어났다느니, 무슨 조짐이니 하는 것들도 사람들 호기심을 자아내서 열차 승객을 좀 더 끌어모으려는 수작일 뿐이야. 아니면 목사들이 신도를 끌어모으려고 지어낸 이야기이거나. 종이 울리는구먼. 날이 험악해. 난 이제 가봐야겠어."

그런 후 그는 다리를 절룩거리며 사라졌다.

우리는 한동안 그곳에 더 앉아 있었다. 우리 앞에 펼쳐진 경치가 너무나 아름다웠다. 루시는 아서에 대한 이야기와 곧 치르게 될 결혼에 대해 길게 이야기했다. 루시의 이야기를 듣고 있자니 가슴이 저려왔다. 조너선에게서 아무 소식이 없었기 때문이었다.

수어드 박사의 일기

6월 5일

렌필드의 증세가 점점 더 흥미로워진다. 그가 지닌 특성들, 자기중심적이고, 속을 감추고 그 무언가에 집착하는 특성들이 점점 도를 더해간다. 그의 꿍꿍이속을 도무지 알 수가 없다. 그는 동물들을 좋아한다. 그런데 그가 좋아하는 동물들이 아주 특이하다. 그는 요즘 파리에 몰두해 있다. 그가 하도 많은 파리를 잡아 놓았기에 그에 대해 주의를 주지 않을 수 없는 지경이 되었다. 내가 주의를 주자 그는 한동안 생각에 잠겨 있더니 아주 진지한 어조로 내게 말했다.

"사흘만 시간을 주시겠소? 사흘 내로 이 파리들을 깨끗이 없애버리리다."

내가 그러겠다고 대답한 것은 물론이다. 이제 그를 전보다 더 면밀히 관찰해야겠다.

6월 18일

이제 그는 오로지 거미에만 몰두해 있다. 그는 아주 커다란 거미들을 잡아 상자 안에 넣었다. 그는 전에 기르던 파리들을 그 거미들의 먹이로 주고 있다. 그는 자기 음식의 절반 정도를 창가에 놓고 여전히 파리들을 잡아들이고 있었지만 그 숫자는 눈에 띄게 줄어들었다.

7월 1일

거미의 숫자가 전의 파리의 숫자처럼 늘어났다. 나는 그것들을 없애라고 오늘 그에게 말했다. 그는 그러겠다고 약속했다.

그때였다. 정말로 징그러운 일이 벌어졌다. 통통하게 살이 찐 파리 한 마리가 방 안을 날아다니기 시작했다. 그러자 그가 파리를 잡아서, 엄지손가락과 집게손가락 사이에 끼고 흐뭇하게 바라보더니 입에 넣고 먹어버렸다.

나는 질겁해서 도대체 무슨 짓이냐고 그에게 말했다. 그러자 그는 파리는 몸에 아주 좋고, 자기에게 생명을 준다고 조용히 대답했다.

7월 19일

그의 증세에 변화가 있다. 그는 이제 참새들을 잡아들였고 파리와 거미들은 거의 사라졌다. 내가 방으로 들어가자 그는 내게 긴히 부탁할 게 있다고 말했다. 내가 그게 뭐냐고 말하자 그가 말했다.

"고양이를 갖고 싶어요."

나는 머리를 흔들었다. 그리고 지금 당장은 어렵겠지만 생각은 해보겠다고 말했다. 그의 얼굴이 어두워졌고 그것이 내게는 무슨 위험 경고처럼 보였다. 그래, 이 사내는 살인광이 될 조짐이 있다. 그의 집착이 어디까지 진척이 될 것인지 조심스레 살펴볼 필요가 있으리라.

7월 20일

나는 간호인이 순찰을 돌기 전에 일찍 렌필드를 보러 갔다. 그가 기르던 참새를 찾았지만 보이지 않았다. 나는 그에게 참새들이 어디로 갔느냐고 물었다. 그는 고개도 돌리지 않은 채 모두 날아갔다고 대답했다. 땅바닥에 참새 깃털이 날리고 있었으며 그의 베개에 핏자국이 있었다. 나는 그에게 아무 말도 하지 않았다. 그의 방에서 나오자 나는 간호인에게 낮 동안 무슨 이상한 일이 벌어지면 즉시 알려달라고 일러 놓았다.

오전 11시

간호인이 내게 와서 렌필드가 몹시 아프며 깃털들을 토해 놓았다고 말했다.

그가 덧붙였다.

"박사님, 아마 그가 참새들을 산 채로 먹은 것 같아요."

밤 11시

내가 발견한 그의 증상은 아마 새롭게 분류를 해야 할 것 같다. 살아 있는 생명체만 잡아먹는 그의 증상은 육식 본능 편집증이라고 할 수 있을 것이다. 그는 되도록 많은 생명체를 먹어치우려는 강박에 사로잡혀 있다. 그는 거미에게 수많은 파리들을 먹이로 주었고, 새들에게 거미를 주었으며, 새들을 잡아먹게 하려고 고양이를 달라고 했다. 그다음에는 어떻게 하려던 것일까? 이 실험을 끝까지 밀고 나갈 필요가 있었는지도 모른다. 그랬다면 인간 심리 연구나 두뇌 연구에서 획기적인 전기를 마련할 수 있었을지도 모른다. 하지만 더 이상 욕심은 내지 않는게 좋겠다. 그 끝이 너무 무서울지도 모르지 않는가!

제6장

미나 머레이의 일기

7월 26일

마음이 영 가라앉지 않는다. 이렇게 일기를 써야 그나마 좀 위안이 된다. 그건 마치 자기 자신에게 말을 하면서 동시에 그 말에 귀를 기울이는 것과 같다.

루시의 경우도 걱정이었고 조너선의 일도 걱정이었다. 조너선에게서는 아직 아무런 연락도 없다. 다만 어제 호킨스 씨께서 당신이 받으신 조너선의 편지를 내게 보내주었다. 드라큘라 성에서 온 그 편지에는 자신이 곧 출발하리라는 사연이 담긴 몇 줄만이 적혀 있을 뿐이었다. 그건 결코 조너선답지 않은 일이었다. 도대체 무슨 일이 일어난 것인지 알 수가 없다.

루시에게도 문제가 생겼다. 그녀에게는 약한 몽유병 증상이 있었는데, 그 병이 다시 도진 것이다. 그녀의 어머니가 내게 그 이야기를 해주었고, 우리는 밤에 우리 방의 문을 꼭 잠그기로 합의했다. 웨스텐라 부인의 말로는 몽유병 환자들은 항상 지붕 위나 낭떠러지 끝으로 가는 성향이 있어 위험하다는 것이었다.

아서 홈우드 씨는 그의 아버지인 고다밍 경이 편찮으셔서 마을을 떠나 있지만 곧 돌아올 것이다. 루시는 그가 돌아올 날을

손꼽아 기다리고 있다. 그가 오면 루시가 괜찮아지겠지.

7월 27일

조녀선에게서는 아직 아무런 기별이 없다. 루시는 밤에 점점 더 자주 깨어난다. 나도 그녀가 방을 거니는 소리에 잠에서 깬다. 밤을 새우는 날이 많아지자 나도 점점 신경이 예민해지기 시작한다.

8월 3일

또 일주일이 지나갔다. 그런데 여전히 조녀선에게서는 아무 연락이 없으니! 나는 그의 마지막 편지를 꺼내서 다시 읽어보았다. 그러자 뭔가 의혹이 다시 생겼다. 그가 쓴 내용은 전혀 그답지 않았지만 필체는 분명히 그의 것이었다. 어디로 편지를 보내야 하는지, 어디로 가면 그를 만날 수 있는지 그것만 알아도 마음이 편해질 것이다.

오늘 전에 만났던 노인이 내게 이상한 이야기를 했다. 그의 이름은 쉐일스 씨였다.

"색시, 내 나이가 벌써 백 살 가까이 되었어. 나는 죽는 건 두렵지 않아. 대신 나는 죽음이 내게 다가오고 있는 건 알 수 있어. 색시, 저 바람 속에 뭔가가 있어. 바로 죽음이, 죽음의 냄새가 들어 있어. 죽음이 다가오고 있어. 나는 그걸 알고 있어."

그는 경건하게 하늘을 향해 두 팔을 벌리더니 모자를 벗었다. 그의 입술이 마치 기도하는 것처럼 달싹거렸다. 그는 자리에서 일어나더니 내게 악수를 청하고 축복을 내리더니 작별 인사를 했다. 그런 후 그는 다리를 절룩거리며 사라졌다. 그가 사라지는 모습을 바라보며 왜 이렇게 마음이 산란해지는 걸까?

그가 사라지자 어깨에 쌍안경을 걸친 해안 경비원이 내 곁으로 왔다. 그는 나와 자주 이야기를 나누던 사람이었다. 그는 내게 말을 걸면서 바다 멀리 배 한 척을 예의 주시하고 있었다. 뭔가 문제가 생긴 배 같았다.

그가 말했다.

"정말 이상한 배예요. 아마 러시아 국적의 배 같은데……. 그런데 정말 이상하게 앞으로 나아가고 있네요. 자, 봐요. 정말 그렇지요? 도무지 갈피를 잡지 못하고 있는 것 같아. 폭풍이 오고 있다는 걸 알고나 있는 건지……. 아무도 키를 잡고 있는 사람이 없는 것 같아. 저런! 또 방향을 틀었네! 아무래도 무슨 일이 생길 것 같아."

제7장

「데일리그래프」지의 기사 스크랩(미나의 일기에 첨부된 특파원 보고)

8월 8일, 휘트비에서

사상 유례없는 격렬한 폭풍우가 갑자기 이 고장을 강타했고 그에 상응하는 이상한 사건이 발생했다. 날씨가 좋아 많은 휴양객들이 휘트비 인근의 여러 휴양지들에 몰려 있었다.

남서풍이 불고 있었다. 약한 바람이었지만, 50년 넘게 날씨의 징후를 살펴온 한 어부가 갑자기 폭풍이 몰려올 것이라고 예견했다. 바다에서는 배의 불빛을 찾기 어려웠고, 오로지 돛단배 한 척이 바다에 떠 있을 뿐이었다. 외국 배로서 돛을 활짝 펼친 채 서쪽을 향해 항해하고 있는 것처럼 보였다.

자정이 지나자 바다로부터 으르렁거리는 소리가 들리는 것 같더니 순식간에 폭풍이 불어오기 시작했다. 물결이 거칠게 솟아올랐고, 바로 조금 전까지만 해도 유리알처럼 잔잔하던 바다가 무엇이든 집어삼키려는 무서운 괴물처럼 변했다. 파도가 모래톱을 때리고 해안 기슭까지 넘실거렸다.

탐조등이 바다 위에 떠 있는 돛단배를 비추고 있었다. 절벽 위에 있던 구경꾼들은 그 돛단배가 대단히 위험한 상황에 처해 있음을 알고 발을 동동 굴렀다. 그때였다. 바람이 느닷없이 북동쪽으로 방향을 틀더니 짙은 안개가 흩어졌다. 그때 놀랍게도 그 이상한 배가 파도에 넘실거리며 빠르게 두 부두 사이 항구로 들어서는 모습이 탐조등 불빛에 드러났다. 탐조등이 계속 그 배를 따라가 비추었고, 배 안을 보게 된 사람들은 모두 공포에 사로잡혔다. 배의 키에 시체 하나가 매달려 있었던 것이다. 시체는 머리를 축 늘어뜨린 채, 배의 움직임에 따라 이리저리 흔들렸다. 그 시체 외에 배 안에는 사람의 흔적이라고는 없었다. 죽은 사람이 키를 잡고 있는 배가 기적처럼 무사히 항구로 들어오다니! 사람들은 공포에 사로잡혀 비명을 질렀다.

배는 항구에 멈추지 않고 계속 돌진하여, 동쪽 절벽 아래 모래와 자갈이 쌓여 있는 곳으로 올라섰다. 이 지방 사람들이 테이트 힐 부두라고 부르는 곳이었다.

배가 해변에 닿는 순간 아무도 예기치 않던 일이 일어났다. 커다란 개 한 마리가 배 아래에서 갑판으로 뛰어오르더니 배로부터 모래 위로 뛰어내린 것이다. 개는 가파른 절벽을 향해 달려갔다. 이어서 개는 교회 묘지 쪽 어둠 속으로 사라져버렸다.

해안 경비원이 제일 먼저 배에 올랐다. 그가 배의 고물 쪽으로 다가가는 모습이 보였다. 그는 키의 손잡이 옆으로 가서 몸을 구부려 살펴보더니 뭔가에 흠칫 놀란 듯 뒤로 물러섰다. 나는 데일리 특파원의 자격으로 키에 묶여 있는 시체 가까이 가서 살펴볼 수 있었다.

해안 경비원이 놀란 것도 무리는 아니었다. 너무나 끔찍한 광경이었다. 사내는 두 손이 묶인 채, 그 두 손이 키 손잡이에 고정되어 있었다. 손바닥과 키의 나무 사이에는 십자가가 끼어 있었고, 십자가가 매달려 있는 묵주가 두 손을 감고 있었으며, 그 모든 것이 탄탄한 줄로 키에 단단히 고정되어 있었다.

이어서 사건에 대한 면밀한 조사가 이루어졌다. 의사의 검사 결과 그 사람은 이틀 전에 사망한 것으로 판명이 났다. 죽은 사람의 호주머니에서 마개를 단단히 막은 작은 병이 하나 나왔다. 그 병 안에는 둘둘 말아 놓은 종이가 발견되었다. 항해일지

제7장

73

를 보충하는 내용이 적힌 쪽지였다. 해안 경비원의 말로는 죽은 사람이 스스로 자기 두 손을 키에 묶었으며 이빨로 매듭을 조였을 것이라고 했다. 그 죽은 사람은 검시를 받기 위해 시체 안치소로 옮겨졌다.

몇 시간 후 속보

병 속에서 발견된 쪽지의 내용은 면밀히 검토해본 결과 매우 흥미로운 것으로 밝혀졌다. 나는 그것을 기사화해도 좋다는 허락을 받아 그것을 공개한다. 아래 내용은 러시아 영사관 서기가 번역해서 불러준 것을 그대로 받아 적은 것임을 밝혀둔다.

'데메테르호' 항해 일지

출발지 바르나, 목적지 휘트비

지금(7월 18일)까지 매우 이상한 일들이 벌어지고 있다. 이제까지 벌어진 일들은 간단하게 정리해서 기록하고 오늘부터 상륙할 때까지의 일은 비교적 상세하게 기록하려 한다.

7월 6일, 배에 짐을 다 실었다. 모래를 실었고 흙이 담긴 상자들을 실었다. 정오에 출항했다. 탑승자는 부선장 한 명, 선원 다섯, 항해사 한 명, 요리사, 그리고 선장인 나, 모두 아홉 명이다.

7월 13일, 마타판곶을 지났다. 선원들이 뭔가 불안해하고 있는 기색이 역력했으나 정작 입을 열지는 않는다.

7월 14일, 선원들 일로 나도 마음이 편치 않다. 부선장도 무슨 일이 벌어지고 있는지 나만큼이나 모르고 있었다. 선원들은 궁금해하는 그에게 그냥 무슨 일이 있다고만 말했다.

7월 16일 아침, 부선장이 와서 선원 중의 한 사람인 페트로프스키가 실종되었다고 보고했다. 영문을 알 수 없었다. 그는 어젯밤 8시에 좌현에서 불침번을 네 시간 선 후에 아브라모프와 교대했는데, 그가 잠자리에 드는 모습을 아무도 보지 못했다. 선원들은 그런 일이 일어날 줄 알고 있었다고 쑥덕거렸다.

7월 24일

악운이 잇따르는 것 같다. 또 한 명이 죽었다. 아니다. 정확히 말하자면 감쪽같이 사라졌다. 우리는 악천후를 피해 비스케만에 들어와 있었다. 그도 불침번을 선 후 변을 당했다. 선원들은 모두 공포에 사로잡혔다. 그들이 불침번을 두 명씩 서게 해달라고 요구했다. 부선장이 화를 냈다. 그와 선원들 사이에 불상사가 일어날까봐 걱정이다.

제7장

7월 29

또다시 비극적인 일이 일어났다. 선원들이 모두 지쳐 있어 항해사 홀로 불침번을 섰는데, 아침 근무자가 갑판에 올라가보니 그가 보이지 않았다. 이제 항해사 없이 운항할 판이었다. 부선장과 나는 모두 무장을 하고 사태에 대비하기로 했다.

7월 30일

이제 영국이 가까워지면서 마음이 조금 놓였다. 그러나 비극은 아직 끝나지 않았다. 불침번을 서던 선원과 키잡이가 실종되었다고 부선장이 보고한 것이다. 이제 배를 움직일 수 있는 사람은 나와 부선장, 선원 둘밖에 남지 않았다.

8월 1일

이틀 동안 안개가 끼었다. 다른 배들은 한 척도 눈에 띄지 않았다. 부선장은 선원들보다 더 풀이 죽어 있었다. 두 명의 선원은 무서움에 대한 생각조차 하지 않는 것 같았다. 그들은 참을성 있게 일을 하면서 두려움을 잊고 있었다. 최악의 사태에 대해 그들은 그런 식으로 대처했다. 그들은 러시아 사람들이고 부선장은 루마니아 사람이다.

8월 3일

자정에 나는 키를 잡고 있던 선원과 교대하려고 올라갔다. 하지만 나는 놀랄 수밖에 없었다. 그곳에 아무도 없었던 것이다!

나는 부선장을 불렀고 그는 곧 나타났다. 완전히 얼이 빠진 것 같은 모습이었다. 저러다 미치지 않을까 겁이 디럭 났다. 그는 내게 다가오더니 마치 바람이 자기 말을 엿듣기라도 하는 듯 내 귀에 대고 속삭였다.

"선원들이 보았다고 하는 '그게' 여기 있어요. 확실해요. 어젯밤 그걸 제가 봤어요. 사람을 닮았고 큰 키에 호리호리했어요. 무섭게 창백했고요. 그는 고물 쪽에 서서 난바다를 바라보고 있었어요. 나는 그것의 뒤로 살금살금 다가가서 칼로 등을 찔렀어요. 그런데 칼이 허공을 가르기만 했어요."

그는 그 말을 하면서 사납게 칼을 휘둘러댔다.

"어쨌든 그가 여기 있어요. 선창 안에 있는 상자 속에 들어 있을 거예요."

그는 손가락에 입술을 대더니 아래로 내려갔다. 바람이 거세게 불어오고 있어 나는 키 옆을 떠날 수 없었다. 나는 그가 미쳤다고 생각했다.

배의 아래 칸에서 부선장이 뭔가를 두들겨 패는 소리가 들렸다. 그렇게 해서라도 그의 마음이 좀 진정되면 좋겠다고 생각하며 나는 계속 키를 잡고 있었다. 그때였다. 승강구를 통해 갑자기 외마디 비명 소리가 들려왔다. 곧이어 부선장이 마치 총알처럼 갑판으로 튕겨져 나왔다. 눈을 희번덕거리며 겁에 질려 있는 모습이 영락없이 미쳐 날뛰는 모습이었다.

"사람 살려! 사람 살려!"

그는 안개 속을 휘둘러보며 고함을 질렀다. 그러더니 그의 공포가 절망으로 변했다. 그는 뱃전으로 달려가더니 그대로 바닷속으로 몸을 던졌다.

나는 이제까지 벌어진 비극의 원인을 알 수 있을 것 같았다. 부선장이 미쳤던 것이고, 그가 선원들을 하나씩 해친 것이다. 그리고 자신도 그들의 뒤를 따른 것이었다. 오, 하느님, 저는 어찌하면 좋습니까? 항구에 도착하면 이 일을 사람들에게 어떻게 설명할 수 있단 말입니까? 아니, 도대체 항구에 도착할 수나 있을까요?

8월 4일

동이 텄어도 안개는 조금도 옅어지지 않았다. 나는 아래로 내려갈 엄두가 나지 않았다. 나는 밤새도록 이곳에 앉아 있었다. 그리고 나도 부선장이 말한 '그것'을 보았다. 그렇다! 분명히 그것을, 그를 보았던 것이다! 오오, 하느님, 저를 용서해주십시오! 부선장이 바다로 뛰어내린 것은 잘한 일이었다. 그는 뱃사람답게 자신의 최후를 시퍼런 바닷속에서 맞이한 것이다.

하지만 나는 선장이다. 나는 배를 포기할 수 없다. 그 악마, 그 괴물은 내가 배를 버리고 떠나기를 바랄 것이다. 하지만 그 악마의 계획에 순순히 따를 수는 없다. 나는 내 힘이 약해지면 내 두 손을 키 손잡이에 묶을 것이다. 그리고 그가 감히 거기 손대지 못하도록 십자가도 함께 묶을 것이다. 그러면 순풍이 불어오건 아니건, 나의 영혼은 구원될 것이고 선장으로서의 나의 명예도 지켜지리라.

미나 머레이의 일기

8월 10일

오늘 거행된 그 가련한 선장의 장례식은 감동적이었다. 사람들이 테이트 힐 부두로부터 묘지까지 선장의 관을 옮겼다. 나는 루시와 함께 그 길을 따랐다. 루시는 뭔가 마음이 들뜬 것 같았고, 일종의 번민에 사로잡혀 있는 것 같기도 했다. 내 생각으로는 간밤에 몽유병 때문에 잠을 잘 못 자서 그런 것 같았다. 아마 그 불쌍한 쉐일스 노인이 죽었다는 소식에 더 심란해졌는지도 모른다. 그 노인은 오늘 아침 늘 앉아 있던 자리에서 목이 부러진 채 죽은 모습으로 발견되었다. 의사의 말로는 그가 넘어지기 전에 무언가 알 수 없는 공포에 사로잡혀 있었던 것 같다고 했다. 그를 들어 올렸을 때 그의 얼굴은 무시무시한 공포에 사로잡혀 있었던 것이다. 오, 불쌍한 노인! 그는 죽음이 가까이 다가오는 것을 보았던 것일까?

제8장

미나 머레이의 일기

8월 11일, 새벽 3시

다시 일기를 쓴다. 잠이 오지 않기에 글을 쓰기로 한 것이다. 그런 무서운 일을 겪고 어떻게 잠을 잘 수 있을까?

어젯밤 나는 일기장을 덮자마자 깊은 잠에 빠져들었다. 그러다 이유도 모르는 채 갑자기 잠에서 깨어났다. 왠지 방 안에 나 혼자 있는 것 같은 느낌이 들었다. 방 안이 어두웠기에 루시의 침대가 보이지 않았다. 나는 더듬더듬 그녀의 침대 쪽으로 다가갔다. 그런데! 그녀의 침대가 비어 있었다.

나는 그녀의 어머니인 웨스텐라 부인을 깨우고 싶지 않았다.

요즘 들어 그녀의 몸이 많이 불편했기 때문이었다. 나는 서둘러 옷을 입고 루시를 찾으러 나섰다.

크레슨트가에 도착했을 때는 시계가 새벽 1시를 알리고 있었다. 아무도 보이지 않았다. 나는 부두 위에 솟아 있는 서쪽 절벽으로 가보았다. 그곳에도 아무도 없었다. 나는 부두 위 서쪽 절벽에 서서 맞은편 동쪽 절벽을 바라보았다. 우리가 즐겨 찾던 곳이었다. 나는 절벽을 살펴보면서, 과연 내가 거기서 루시를 찾게 되기를 바랐는지, 혹은 그녀의 모습을 거기서 발견할까봐 두려워했는지 알 수 없다.

그런데 바로 그곳, 우리가 즐겨 찾던 바로 그곳 의자에 하얀 형체가 앉아 있는 것이 보였다. 그리고 그 무언가 검은 것이 그 하얀 형체를 향해 몸을 기울이고 있었다. 그것이 사람의 모습인지 동물의 모습인지는 분간할 수 없었다. 나는 부두로 내려가는 가파른 계단을 황급히 내려가, 어시장을 거쳐 다리에 이르렀다. 그 길이 동쪽 절벽으로 가는 유일한 길이었다.

황급히 계단을 올라 목적지에 도달하자 벤치와 하얀 형체가 보였다. 의자 등받이에 기대고 있는 그 형체 위에 그 뭔가 시커먼 것이 여전히 몸을 기울이고 있었다.

나는 "루시! 루시!"라고 소리쳤다. 그러자 그 시커먼 것이 고개를 들었다. 창백한 얼굴과 이글거리는 눈이 달빛에 보였다.

루시는 대답하지 않았다. 나는 교회 묘지 입구 쪽으로 달려 갔다. 나와 루시가 앉은 벤치 사이에 교회가 가로막고 있어서 잠시 동안 루시의 모습을 볼 수 없었다. 내가 다시 루시의 모습 을 볼 수 있었을 때 주변에는 아무도 없었다.

루시는 잠이 들어 있었다. 나는 내가 두르고 있던 숄을 풀어 그녀의 목에 잘 감아주었다. 루시를 갑자기 깨우기 싫어 그녀 를 부축할 요량으로 나는 커다란 안전핀으로 숄을 그녀의 목에 붙들어 맸다. 어두운 데다 무서움에 질려 있었기에 손놀림이 서툴렀던 모양이다. 핀이 루시의 목을 찔렀는지 그녀가 가벼운 신음 소리를 내며 목 언저리를 쓰다듬었다. 그리고 루시가 잠 에서 깨어났다.

루시는 나를 보고도 별로 놀라는 기색이 아니었다. 자기가 지금 어디에 있는지도 모르는 것 같았다. 내가 루시에게 어서 집으로 가자고 말하자 그녀는 고분고분 따라나섰다. 다행히 돌 아오는 길에 아무도 만난 사람이 없었다.

집으로 돌아온 나는 루시를 침대에 눕히고 이불을 잘 덮어주 었다. 잠들기 전에 루시는 오늘 일을 아무에게도 말하지 말아 달라고 내게 간청했다. 나는 문을 잠근 후 열쇠를 내 손목에 묶

어두웠다. 루시는 얌전히 잠들어 있다. 벌써 바다 위로 동이 트고 있었다.

같은 날 정오

아무 일도 없다. 루시는 내가 깨울 때까지 푹 잠을 잤다. 단지 안전핀으로 숄을 붙들어 맬 때 그녀의 목에 상처를 입힌 게 신경이 쓰였다. 목에 구멍이 난 것으로 보아 가벼운 실수가 아니었다. 핀으로 찔린 것 같은 상처가 두 군데 나 있었으며, 잠옷 허리띠 위에 핏자국이 있었다. 내가 루시에게 미안하다고 하자 그녀가 웃으면서 나를 어루만졌다. 그리고 자기는 그걸 느끼지도 못했다고 말했다. 상처는 아주 작아서 흉터를 남기지는 않을 것 같았다.

8월 13일

아무 일도 없이 무사히 하루가 지나갔다. 밤이 되자 나는 여전히 열쇠를 팔목에 두른 채 잠자리에 들었다. 한밤중에 어쩌다 잠에서 깨어나니 루시가 침대에 앉아 있었다. 그녀는 손가락으로 창문을 가리키고 있었다. 나는 창가로 걸어가 창문을 열었다. 달빛이 훤하게 비치고 있었다. 달빛 속에서 커다란 박쥐 한 마리가 날아다니고 있었다. 박쥐는 커다란 원을 그리며 가까워졌다 멀어졌다 했다. 그러더니 나를 보자 항구 쪽으로 날아가버렸다.

8월 15일

평소보다 늦게 자리에서 일어났다. 아침 식사 때 반가운 소식이 도착했다. 아서의 아비지 몸이 좋아졌고, 아서의 아버지가 가능한 한 빨리 결혼식을 치르기를 바란다는 소식이었다. 루시는 기뻐했다. 루시의 어머니는 반가우면서도 섭섭한 기색이었다. 사랑하는 딸과 헤어져야만 한다는 생각이 그녀를 슬프게 했지만, 딸을 보호해줄 사람이 곧 생긴다는 사실에 대해서는 기뻐하셨다. 어머니는 자신이 곧 죽게 된다는 사실을 내게 가만히 털어놓았다. 그녀는 심장이 약했고, 의사가 말하기를 그리 오래 살지 못하리라는 것이었다. 불쌍한 분! 루시의 부탁대로 그날 밤 일을 그녀의 어머니께 말씀드리지 않은 것은 정말 잘한 일이었다.

8월 17일

이틀 동안 단 한 줄의 일기도 쓰지 못했다. 그럴 용기가 나지 않았기 때문이었다. 조너선에게서는 여전히 아무 소식이 없고, 루시 어머니의 시한부 인생은 점점 끝이 가까워오고 있었으며 루시는 날이 갈수록 허약해져 간다. 그런데 왜 그런지 도무지 알 수가 없다. 그녀는 식사도 잘했고, 잠도 잘 잤으며, 신선한 공기를 듬뿍 마시며 지내고 있다. 그런데 그녀의 안색은 점점 창백해졌고, 밤이면 가쁜 숨을 몰아쉰다. 제발 내 잘못으로 안전핀에 찔린 때문이 아니길 바랄 뿐이다.

나는 잠들어 있는 루시의 목을 바라보았다. 작은 상처는 어쩐 일인지 조금도 아물지 않았다. 어쩌면 전보다 더 커진 것 같기도 하다. 하루 이틀 내로 상처가 아물지 않으면 의사에게 보여야겠다.

휘트비의 변호사 새뮤얼 F. 빌링턴이 런던의 카터 패터슨 상사에 보내는 편지

8월 17일

안녕하십니까?

대북부 철도편으로 상품을 보냈음을 알려드립니다. 그것들이 킹스 크로스역에 도착하는 대로 퍼플리트 인근에 있는 카팩스 저택으로 배달해주십시오. 저택은 지금 비어 있습니다. 그래서 열쇠들을 동봉합니다. 모든 열쇠에는 꼬리표가 붙어 있어, 어디 열쇠인지 금세 확인할 수 있을 것입니다.

탁송하는 것은 50개의 상자입니다. 이것을 저택의 한 건물 안에 넣어주십시오. 배달을 끝내고 나면 열쇠는 저택 중앙 홀에 놔주시기 바랍니다.

아무쪼록 일을 신속히 처리해주실 것을 부탁드리며 이만 줄이겠습니다.

경의를 표하며, 새뮤얼 빌링턴

런던의 카터 패터슨 상사가 휘트비의 빌링턴에게 보내는 편지

8월 21일

말씀하신 대로 일을 처리했음을 알려드립니다.

경의를 표하며, 카터 패터슨 상사

미나 머레이의 일기

8월 18일

오늘은 루시의 몸 상태가 많이 좋아 보인다. 지난밤에 그녀는 한 번밖에 깨지 않았다. 아직 창백해 보이긴 하지만 뺨에 약간 화색이 돌고 있다. 우리는 이런저런 이야기를 나누며 행복한 저녁 시간을 보냈다.

8월 19일

이렇게 기쁜 일이! 드디어 조너선에게서 소식이 온 것이다. 하지만 한편으로는 가슴이 아프다. 사랑하는 그이가 내내 몸이 아팠으며 그 때문에 편지를 쓰지 못했다는 것이다. 나는 내일 부다페스트로 그를 만나러 갈 것이다. 필요하다면 내가 직접 그이를 간호하고, 함께 영국으로 돌아와야지.

나는 그에게 보여주기 위해 내 일기장도 챙겼다.

수어드 박사의 일기

8월 19일

어제 저녁 갑자기 렌필드에게 예기치 않던 변화가 생겼다. 8시경, 그는 매우 흥분해 있었다. 그러고는 멈춰 서서 마치 개처럼 코를 킁킁거렸다. 간호인이 그와 이야기를 나누려고 하자 그가 아주 건방진 태도로 말했다.

"당신과 이야기를 나누고 싶지 않소. 당신은 더 이상 내게는 존재하지도 않소. 나의 주인님이 와 계시오."

그처럼 완력을 가진 자가 무슨 신비스러운 광기에 사로잡히게 된다면 그건 아주 위험한 일이다. 나는 왠지 불안해졌다.

오늘 밤 나는 피곤한 데다 기분도 가라앉아 있었다. 아무리 애를 써도 루시 생각이 자꾸 났다. 나는 침대에서 뒤척이며 2시를 알리는 소리를 들었다. 그때였다. 야간 경비원이 문을 두드리는 소리가 났다. 렌필드가 탈출했다는 것이다! 나는 바로 옷을 입고 아래로 내려갔다. 너무 위험한 환자였다. 그가 마음대로 활보하게 내버려둘 수는 없었다.

간호인은 렌필드가 창문을 통해 빠져나가서 곧장 왼쪽으로 갔다고 말했다. 나는 그가 간 방향으로 온 힘을 다해 달렸다. 나무들이 우거진 곳에 이르니 사람이 살지 않는 이웃 저택과 우리 병원의 뜰을 가르고 있는 높은 담이 나타났다. 그 저택은 카팩스 저택이었다.

제8장

나는 다시 돌아와 야간 경비원에게 나와 함께 카팩스 저택으로 들어갈 서너 명의 사람들을 데리고 오라고 일렀다. 렌필드가 위험한 행동을 보일 경우, 적어도 서너 명은 달려들어야 그를 다시 붙잡아 올 수 있을 것 같아서였다.

나는 사다리를 타고 담장에 오른 후 그 비어 있는 저택 뜰로 뛰어내렸다. 순간 내 눈에 집 뒤로 사라지는 렌필드의 모습이 보였다. 나는 그의 뒤를 따라갔다. 집 뒤로 돌아가자 참나무로 된 예배당 문에 기대어 서 있는 렌필드의 모습이 보였다. 그는 분명히 누군가와 이야기를 나누고 있었다.

"주인님, 명령만 내려주십시오. 저는 주인님의 종입니다. 주인님 분부대로 하면 제게 상을 내려주시겠지요."

우리가 그를 에워싸고 덮치자 그는 마치 호랑이처럼 완강하게 저항했다. 나는 그렇게 사납게 날뛰는 광인을 본 적이 없었다. 오, 제발, 이번이 마지막이기를! 우리가 붙잡지 않았다면 그가 무슨 일을 저질렀을지 생각만 해도 끔찍하다. 어쨌든 지금 그는 안전하다. 강제로 구속복을 입히고, 사슬에 묶어 방에 가두었다. 그는 입을 다물고 있다가 가끔 한마디씩 했다.

"주인님, 참고 기다리겠습니다. 때가 점점 가까이 오고 있습니다."

제9장

미나 하커가 루시 웨스텐라에게 보낸 편지

8월 24일, 부다페스트에서

사랑하는 루시,

우리가 휘트비역에서 헤어진 뒤 무슨 일이 있었는지 궁금할 거야. 내가 다 이야기해줄게. 나는 헐에 도착한 후 배를 타고 함부르크로 가서, 여기까지 기차를 타고 왔어. 조너선을 보고 나는 너무 놀랐어. 너무 야윈 데다, 창백하고 쇠약해 보였기 때문이야. 정말 무슨 무서운 충격을 받은 모양이야. 그이는 그동안 자기에게 일어났던 일을 기억하지 못하는 것 같아. 어쩌면 내가 그렇게 믿어주기를 바라는 것 같기도 했어.

그이를 아가타라는 수녀가 간호해주고 있어. 정말 착한 여자이고 타고난 간호사야. 그녀 말로는 그이가 언젠가 헛소리를 했는데 그 내용이 정말 무시무시했다는 거야. 하지만 그녀는 성호만 그을 뿐 더 이상 자세히 이야기를 해주지는 않았어. 의사들은 그이가 뇌막염을 앓은 것 같대.

그이는 깨어나더니 옆에 있던 노트를 손에 잡았어. 늘 지니고 다니던 일기장이야. 내가 침대 가까이 가니까 그이가 손을 노트 위에 올려놓더니 내게 아주 진지한 표정으로 말했어.

"내 사랑 윌헬미나, 나는 아주 충격적인 일을 겪었소. 도대체 내게 무슨 일이 일어난 건지 이해하려고 할 때마다 머리가 어질어질해지면서, 그런 일이 실제로 일어났던 것인지, 아니면 내가 꿈을 꾼 건지 분간할 수조차 없어진다오. 내게 일어났던 모든 일의 비밀이 이 노트에 적혀 있소. 하지만 나는 그걸 알고 싶지 않소. 나는 여기서 당신과 결혼식을 올린 후 모든 것을 새롭게 출발하고 싶소. (루시, 몇 가지 형식적인 절차만 거치면 우리는 이곳에서 결혼식을 올릴 작정이야.) 윌헬미나, 나를 도와주겠소? 자, 이 노트를 당신에게 드리리다. 읽고 싶어지면 언제고 읽어도 좋소. 하지만 제발, 그 내용은 내게 이야기하지 말아주오. 그때 일은 다시 기억하고 싶지도 않소."

그이는 기진맥진해서 자리에 누웠어. 나는 그 일기장을 그의 베개 밑에 넣어주고 입을 맞추어주었어.

루시, 나는 오늘 아가타 수녀를 기다리고 있어. 오늘 오후 우리가 결혼식을 올릴 수 있도록 원장에게 말씀드려달라고 부탁을 해놓았거든. 아, 그녀가 왔네. 조너선이 깨어나는 대로 우리는 곧 결혼식을 올릴 거야.

언제나 변함없는 애정으로
너의 다정한 친구, 미나 하커

루시 웨스텐라가 미나 하커에게 보낸 편지

8월 30일, 휘트비에서

사랑하는 미나,

바다와 같은 애정과 수백만 번의 입맞춤을 보낸다. 한시라도 빨리 네가 네 남편과 함께 네 집에서 있게 되기를 빌어. 영국으로 돌아오게 되면 이곳 휘트비에서 며칠 함께 지낼 수 있겠니? 이곳의 맑은 공기가 조너선의 건강에 도움이 될 거야. 나는 이제 완전히 좋아졌어. 식욕도 왕성하고 기운이 넘치는 데다, 잠도 잘 자. 몽유병 증세도 사라졌어. 아서가 나보고 살이 쪘다고 하더구나. 아, 참, 아서가 이곳에 와 있다는 이야기를 안 했네. 어느 때보다 더 그이를 사랑해. 아, 그이가 나를 부르네. 이제 여기서 끝을 맺을게.

너를 사랑하는 루시가, 애정을 담아

추신 : 우리는 9월 28일에 결혼식을 올리기로 했어.

수어드 박사의 일기

8월 22일

렌필드의 징후가 점점 더 흥미로워진다. 지금은 꽤 오랫동안 잠잠하다. 주기적으로 위기가 찾아왔다가 다시 잠잠해지는 이유가 궁금해진다. 이 사나이는 그 무언가로부터 영향을 받고 있는 것 같다.

8월 23일

한 가지 밝혀진 게 있다. 그가 평정을 유지하는 시간이 일정하다는 것이다. 이제부터 매일 몇 시간씩 그를 자유롭게 내버려둘 작정이다. 나는 야간 감시자에게 만일 그가 얌전한 상태에 있다면 동트기 전 한 시간 동안만 구속복을 입히지 말라고 말해 놓았다. 비록 일시적이기는 해도 그에게 육체적 자유를 맛보게 하고 싶었다.

그런데, 맙소사! 또다시 나를 부르는 소리가 들린다. 또 예기치 못했던 일이 벌어진 것이나. 렌필드가 또 도망을 쳤다.

같은 날, 얼마 뒤

렌필드는 간호인이 방으로 들어오기를 기다리고 있다가 간호인이 잠시 다른 일을 보는 틈을 타서 복도로 도망쳤다. 그는 전과 마찬가지로 사람이 살고 있지 않은 카팩스 저택으로 도망가서 낡은 예배당 문에 기대어 서 있었다. 그는 내가 감시인들과 함께 나타난 것을 보자 미친 듯 날뛰기 시작했다. 감시인들이 때맞춰 그를 제압하지 않았다면 나를 죽여버릴 기세였다.

우리가 그를 붙잡고 있는 동안 그는 점점 더 사나워지더니, 일순간 조용해졌다. 그가 왜 그러는지 이상해서 나는 본능적으로 그의 시선이 닿는 곳을 살펴보았다. 달빛이 빛나고 있는 허공에는 아무것도 없었다. 단지 커다란 박쥐 한 마리만이 마치 유령처럼 조용하게 서쪽을 향해 날아가고 있을 뿐이었다.

렌필드는 고분고분 병원으로 돌아왔다. 그가 그렇게 온순해지자 오히려 불안해졌다. 뭔가 불길한 일이 벌어질 것만 같다.

루시 웨스텐라의 일기

8월 24일, 힐링검에서

미나처럼 나도 일기를 써야겠다. 그리고 미나와 다시 만나게 되면 내가 여기 적은 것을 놓고 많은 이야기를 나누어야지.

간밤에 휘트비에 있었을 때처럼 또 꿈을 꾼 것 같다. 공기가 바뀌었거나 다시 집으로 돌아와서 그런 것인지 모르겠다. 너무 무섭다. 그리고 힘도 없고 피곤하다. 오늘 밤 어머니 방에서 함께 잠을 잘 수 있으면 좋겠다. 그렇게 되면 조용히 잠을 이룰 것 같다. 어머니께 적당한 핑계를 만들어야지.

8월 25일

어젯밤도 잠자리가 편치 않았다. 어머니는 내 제안이 탐탁지 않으신 것 같았다. 어머니도 편찮으시니 함께 자다 보면 나를 불편하게 만들까봐 걱정이셨을 것이다.

나는 잠들지 않으려고 애를 썼다. 얼마간은 버틸 수 있었다. 하지만 시계가 12시를 알리는 소리에 잠에서 깨어났다. 나도 모르게 잠이 들었던 것이다. 뭔가 창문을 긁는 소리가 들렸다. 아니, 그보다는 날개 퍼덕이는 소리라고 하는 게 옳을 것이다. 하지만 나는 거기에는 조금도 신경을 쓰지 않았다. 그다음 일이 전혀 기억나지 않는 것으로 보아 다시 잠이 들었던 것 같다. 그리고 또다시 악몽을 꾼 것 같은데, 기억이 나지 않는다.

오늘 아침에는 너무 기운이 없다. 얼굴이 무섭게 창백하고 목이 따끔거린다.

아서 홈우드가 수어드 박사에게 보내는 편지

8월 31일, 앨버말 호텔에서

친애하는 존,

부탁이 하나 있다네. 루시가 아프다네. 무슨 병인지 알 수는 없는데, 날이 갈수록 악화되고 있어. 그녀에게 어디가 아프냐고 물어보았다네. 하지만 그녀도 이유를 몰라.

그녀의 어머니께는 차마 물어볼 수가 없다네. 어머니도 무척 편찮으신데, 딸 걱정으로 병이 악화될까봐 걱정이 되어서라네.

웨스텐라 부인은 자신이 얼마 살지 못할 것이라고 내게 털어놓았어. 하지만 루시는 아직 아무것도 모르고 있다네.

내가 루시에게 자네를 불러 진찰을 부탁해보자고 말했다네. 처음에는 반대하다가 결국 받아들였네. 자네로서는 쉬운 일이 아니라는 것을 잘 아네. 하지만 루시의 건강을 위해 뭔가 해야만 하네. 자네, 내일 오후 2시까지 힐링검으로 점심 식사를 함께 하러 와줄 수 있겠나? 다시 말하지만 불안해서 미칠 지경이라네. 자네가 루시를 진찰한 후 뭐라고 할 것인지 한시라도 빨리 결과를 알고 싶다네. 꼭 와주기 바라네.

아서 씀

아서 홈우드가 수어드 박사에게 보낸 전보

9월 1일

아버님이 곁으로 오라고 연락을 주셨네. 건강이 더 나빠지셨다네. 편지하겠네. 오늘 저녁에 자세한 것들을 적어 링으로 보내주게나. 필요하다면 전보를 치게. ― 아서

수어드 박사가 아서에게 보낸 편지

9월 2일

친애하는 친구에게

내가 보기에 웨스텐라 양은 기능적으로 아무 이상이 없나네. 병에 걸린 게 아니라네. 하지만 그녀를 보았을 때 나는 정말 깜짝 놀랐다네. 지난번 만났을 때와는 너무나 달랐기 때문이지.

내가 힐링검에 도착했을 때, 그녀는 겉보기에는 쾌활했네. 어머니가 함께 계시니, 걱정을 끼쳐드리지 않으려고 그런다는 걸 나는 금세 눈치챘다네.

나와 단둘이 있게 되자 그녀는 금세 본마음을 털어놓더군. 루시는 한숨을 내쉬더니 의자에 털썩 주저앉아 손으로 얼굴을 가렸어.

내가 그녀에게 어디가 아프냐고 묻자 그녀가 대답했네.

"제 자신에 관한 이야기를 하는 게 너무 싫어요."

나는 그녀를 유심히 살폈다네. 한눈에도 피가 부족하다는 걸 알 수 있었어. 그런데 이상하게도 빈혈 증세는 보이지 않더군. 게다가 다행히 그녀의 피를 검사해볼 기회가 생겼다네. 그녀가 뻑뻑한 창문을 열다가 유리창이 깨졌고 손을 살짝 베인 거야.

제9장

99

나는 피 몇 방울을 받았다가 검사해보았네. 완전히 정상이었네. 그것만 보면 루시의 건강 상태는 정상이야. 게다가 다른 이상 증상도 없어.

하지만 피가 부족한 모습을 보이는 건 사실이야. 결론은 하나라네. 정신적인 데 원인이 있는 거지. 루시는 때때로 호흡이 곤란하다고 호소한다네. 그리고 마치 혼수상태에 빠진 것처럼 깊은 잠에 빠진다고 하네. 그 상태에서 악몽에 시달리는데, 하나도 기억이 나지 않는다는 거야.

사실, 나는 그 증세에 대해서는 별로 아는 게 없다네. 그래서 그 방면의 전문가의 도움을 받는 게 가장 좋은 방법이라고 생각했어. 나는 내 오랜 친구이자 스승인 반 헬싱 박사에게 편지를 썼다네. 암스테르담에 계신 분인데, 그 분야의 대가야. 나는 그분께 만사 제쳐 두고 와달라고 편지를 했다네.

나는 내일 다시 웨스텐라 양을 만나볼 작정이네. 하지만 집으로 찾아가지는 않고 밖에서 만나기로 했네. 내가 너무 자주 방문하면 그녀의 어머니가 걱정하실 것 같아서라네.

우정을 담아, 존 수어드 씀

에이브러햄 반 헬싱 박사가 수어드 박사에게 보낸 편지

9월 2일

존에게,

자네 편지를 받았다네. 곧 가겠네. 한자의 집 가까운 곳에 머물 수 있도록 그레이트 이스턴 호텔에 방을 잡아주게나. 그리고 내일 아침에 그녀를 만날 수 있도록 조치를 취해주게.

그럼 곧 만나기를…….

반 헬싱

수어드 박사가 아서 홈우드에게 보낸 편지

9월 3일

아서에게,

반 헬싱 박사가 다녀갔다네. 그분과 함께 힐링검에 갔었지. 어머니는 밖에서 점심을 드셨기에 루시와 우리 둘만 있을 수 있었네. 반 헬싱 박사는 아주 세심하게 그녀를 진찰했네. 그분이 곧 결과를 보내올 거야. 그분이 진찰하는 동안 내내 함께 있지 않았기 때문에 나는 별로 해줄 말이 없다네. 다만 그분이 대단히 걱정스러운 표정을 지었다는 것, 좀 더 자세히 생각해보고 검토해보아야만 한다고 말했다는 것은 알려주겠네. 지금으로서는 그분이 내일 결과를 알려 오기를 기다리고 있을 뿐이라네.

자네 아버님은 어떠신가? 빨리 좋아지시길 비네. 자네 심정이 어떤지는 내가 잘 안다네. 이 세상에서 제일 소중한 두 사람이 동시에 몸이 불편하다니!

아무튼 이곳 걱정은 너무 하지 말게. 무슨 일이 있으면 즉시 오라고 연락을 주겠네. 소식이 없더라도 걱정은 말게. 무소식이 희소식 아닌가?

존 수어드 씀

수어드 박사의 일기

9월 4일

렌필드의 증세가 점점 더 흥미로워진다. 어제는 딱 한 번 발작 증세를 보였는데, 여느 때와는 달리 정오였다. 시계가 정오를 알리자 그는 사납게 날뛰기 시작했다. 어찌나 사나웠는지 직원들이 그를 붙잡느라 젖 먹던 힘까지 다 내야만 했다. 그런데 5분도 지나지 않아 그는 얌전해졌으며 갑자기 우울해졌다.

그의 우울한 표정을 보니 그 무언가 앞으로 벌어질 일의 전조처럼 보인다. 하지만 그게 무엇인지는 알 수가 없다.

얼마 후

환자에게 새로운 변화가 생겼다. 5시에 나는 그를 다시 보러 갔다. 그는 파리들을 잡아 입에 넣고 있었다. 어느 순간 그가 슬픈 표정을 짓더니 아주 낮은 목소리로 말했다.

"다 끝났어! 그분이 나를 버렸어! 이제 더 이상 희망이 없어. 나 혼자 그 일을 해야만 해."

밤 12시

렌필드에게 또 다른 변화가 있었다. 웨스텐라 양을 만나서 그녀가 많이 좋아진 것을 보고 돌아오는 길이었다. 그가 다시 고함을 치는 소리가 들렸다. 그의 방으로 달려갔을 때는 해가 막 수평선으로 지고 있을 때였다. 붉은 원반이 완전히 사라지자 그는 마치 생명 없는 물체처럼 바닥에 그대로 쓰러졌다. 그러더니 잠시 후 아주 침착한 표정으로 주위를 둘러보았다. 미치광이들이 어떻게 이렇게 갑자기 이성을 되찾게 되는 것인지 의사인 나로서도 신기하기만 하다.

오, 그의 발작의 원인을 알아낼 수만 있다면! 왜 오늘 정오와 해 질 녘에 발작을 일으켰던 것일까? 그 이유를 알 수만 있다면 발작의 원인을 알아낼 수 있을 것 같다.

런던의 수어드 박사가 암스테르담의 반 헬싱 박사에게 보낸 전보

9월 4일

환자 상태가 오늘 훨씬 호전됨.

9월 5일

환자 상태가 아주 좋아졌음. 식욕도 왕성하고 잠도 정상임. 쾌활함.

9월 6일

환자가 갑자기 악화되었음. 급래 요망. 한시도 지체하지 마시길…….

제10장

수어드 박사가 아서 홈우드 경에게 보내는 편지

9월 6일

아서에게,

오늘은 별로 좋지 않은 소식을 전하네. 루시의 상태가 나빠졌다네.

웨스텐라 부인이 걱정이 되어 내게 환자의 상태를 물었지만 시원하게 답을 못 해드렸네.

암스테르담의 반 헬싱 박사에게 이곳에 와서 며칠간 루시의 상태를 진찰해보시도록 부탁드렸네. 우리는 틀림없이 이 어려움을 이겨낼걸세.

이만 줄이네. 또 연락하겠네.

애정으로, 존 수어드 씀

수어드 박사의 일기

9월 7일

나와 반 헬싱 박사는 루시의 방으로 들어갔다. 어제 그녀를 보고 충격을 받았다면 오늘은 공포에 질릴 정도였다. 얼굴이 끔찍할 정도로 창백했다. 입술과 잇몸에서조차 핏기라고는 찾아볼 수 없었다. 루시는 죽은 듯이 누워 있었다.

순간, 반 헬싱 박사가 내게 밖으로 나가자고 눈짓을 했다. 우리는 함께 옆방으로 갔다. 방에 들어가자마자 그가 말했다.

"끔찍하군. 한시도 지체할 수 없어. 그녀는 피가 부족해서 죽어가고 있네. 곧바로 수혈을 해야 해. 자네가 할 건가, 아니면 내가 할까?"

"제가 젊고 건강하니 당연히 제가 해야지요."

"그러면 얼른 준비하게. 내가 가방을 가져오지."

나는 그와 함께 아래로 내려갔다. 그때였다. 누군가 문을 두드렸다. 하녀가 문을 열어주었다. 아서였다. 헬싱 교수가 그에게 말했다.

"때맞춰 잘 오셨소. 당신이 루시 양의 약혼자 맞지요? 당신이 그녀를 도와야 하오. 나나, 존보다는 당신이 더 어울릴 거요."

그는 교수의 말을 잘 이해하지 못했다. 그러자 교수가 그녀에게 수혈을 해야 하는 상황을 그에게 설명했다. 그러자 아서가 기꺼이 자기 피를 그녀에게 주겠다고 나섰다.

우리 셋은 위층으로 올라갔다. 교수의 지시에 따라 아서는 방문 앞에서 기다렸다. 방으로 들어간 교수는 루시에게 수면제를 먹였다.

이윽고 그녀가 잠들자 아서가 방으로 들어왔고 반 헬싱 교수는 아주 능숙하게 수혈 작업을 수행했다. 수혈이 진행되자 루시의 뺨에 생기가 돌았고, 점점 창백해져가는 아서의 얼굴은 기쁨으로 빛났다. 교수는 심각한 표정으로 때로는 아서의 얼굴을 때로는 루시의 얼굴을 바라보았다. 그러던 어느 순간 그가 내게 말했다.

"이제 됐어. 자네는 아서 경을 돌보게. 나는 환자를 돌볼 테니."

그런 후 그가 아서에게 말했다.

"자, 용감한 연인은 키스할 자격이 있는 셈이지. 그녀에게 키스를 해주시오."

그러면서 그는 루시의 베개를 바로 해주었다. 순간 루시의 목에 항상 두르고 있던 붉은색 벨벳 띠가 베개에 쏠려 위로 올라갔다. 그리고 그곳에 붉은 상처가 드러났다. 그때 나는 교수가 심호흡을 할 때 내는 슛 소리를 들을 수 있었다. 그가 놀랐을 때 내는 소리였다.

하지만 그는 짐짓 그 상처를 무시하는 척하며 내게 말했다.

"자, 이 용감한 젊은이를 데리고 내려가도록 하게. 가서 포트 와인을 한 잔 마시게 하고, 누워서 좀 쉬게 하게. 그런 후 집으로 돌아가서 잘 먹고 푹 쉬도록."

잠시 후 아서가 가자 나는 다시 교수에게 되돌아왔다. 루시는 여전히 잠에 빠져 있었다. 교수는 그녀의 머리맡에서 그녀를 주의 깊게 살펴보고 있었다.

그가 나를 보자 말했다.

"나는 오늘 밤 암스테르담으로 돌아가야 하네. 거기 필요한 책들과 물건들이 있어. 오늘 밤 그녀 곁에서 밤을 새우도록 하게. 잠시도 눈을 떼어선 안 되네. 될 수 있는 대로 빨리 돌아오겠네. 자, 명심하게. 루시는 오로지 자네에게 달렸네. 잠시라도 그녀 곁을 떠나면 안 돼."

수어드 박사의 일기

9월 8일

나는 밤샘을 하며 환자의 곁을 한시도 떠나지 않았다. 꽤 오랫동안 루시는 꼼짝도 않고 잠을 푹 잤다. 입은 실쩍 벌어져 있었고 가슴도 고르게 오르내렸다. 미소를 머금은 얼굴은 행복해 보였다. 그녀의 마음의 평온을 깨뜨리는 어떤 악몽에도 시달리지 않고 있는 게 분명했다.

아침 일찍 나는 하녀에게 루시를 맡기고 집으로 돌아왔다. 그리고 반 헬싱 교수와 아서에게 수혈 효과가 아주 좋았다고 알리는 전보를 쳤다.

잡다한 일들을 처리한 후 저녁때가 되어서 렌필드에 대한 보고서를 받아보았다. 그는 어젯밤부터 얌전히 있었다는 보고였다. 저녁을 먹고 있을 때 반 헬싱 교수에게서 전보가 왔다. 오늘 밤에도 힐링검으로 가서 루시 곁에서 지내는 게 좋으리라는 내용과 그가 다음 날 아침 그곳으로 오겠다는 내용이었다.

9월 9일

힐링검에 도착했을 때 나는 너무 피곤했다. 루시는 일어나 있었으며 기분이 좋았다. 우리는 함께 저녁을 먹었다. 식사를 마치자 그녀가 나를 자기 침실 바로 옆방으로 데려가더니 말했다.

"자, 여기서 쉬시도록 하세요. 제 방문과 이 방문 둘 다 열어놓겠어요. 소파에 누워서라도 좀 쉬세요. 만일 무슨 일이 생기면 제가 소리를 지르겠어요. 그러면 바로 달려오실 수 있잖아요."

나는 순순히 그녀의 말을 따랐다. 워낙 녹초가 되어 있었기 때문이었다. 나는 그녀에게 필요한 게 있으면 즉시 나를 깨우라고 재차 당부한 후 소파에 누웠다. 그리고 이내 깊은 잠에 빠져들었다.

9월 10일

깊이 잠들어 있던 나는 누군가의 손이 머리에 와 닿는 것을 느끼고 번쩍 잠에서 깨어났다. 반 헬싱 교수였다.

"환자는 어떤가?"

"제가 마지막으로 보았을 때는 아주 좋았습니다."

우리는 함께 그녀의 방으로 갔다. 내가 블라인드를 올리자 햇빛이 쏟아져 들어왔다. 그때 반 헬싱 교수가 헉 하며 숨을 들이키는 소리가 들렸다. 나는 가슴이 두근거렸다. 내가 그의 곁으로 가자 그가 침대를 가리켰다. 나는 무릎이 후들후들 떨리기 시작했다.

침대에는 루시가 누워 있었다. 그 어느 때보다도 끔찍하게 창백한 모습으로 기절한 듯 누워 있었던 것이다. 마치 시체를 보는 것 같았다.

반 헬싱 교수가 내게 말했다.

"빨리 브랜디를 가져오게."

나는 식당으로 뛰어 내려가 술병을 들고 왔다. 교수는 브랜디로 루시의 입술을 축이더니, 나와 함께 그녀의 손바닥과 손목, 그리고 가슴을 문질렀다. 얼마 후 그녀의 심장이 뛰는 것을 보고 그가 말했다.

"아직 늦지 않았네. 하지만 처음부터 다시 시작해야만 하네. 아서가 여기 없으니 이번에는 존, 자네가 나서야겠네."

그 말을 하면서 그는 이미 수혈 기구들을 가방에서 꺼내고 있었다. 나는 지체 없이 팔을 걷어 올렸고 곧 수혈이 시작되었다.

루시는 한낮이 되어서야 잠에서 깨어났다. 어제만은 못해도 그녀의 상태가 좋아 보였다. 루시의 상태를 살펴본 반 헬싱 교수는 산책을 다녀오겠다며 단 일 분도 그녀 곁을 떠나지 말라고 내게 지시했다. 계단 아래서 그가 가까운 전신국이 어디 있느냐고 하녀에게 묻는 소리가 들렸다.

제10장

111

루시는 마치 지난밤에 일어난 일은 까맣게 모르는 양, 나와 꽤 오래 이야기를 나누었다. 나는 이런저런 이야기로 그녀를 즐겁게 해주기 위해 애를 썼다.

반 헬싱 교수는 두세 시간 후에 돌아와서 내게 말했다.

"자네, 집으로 돌아가게. 푹 쉬고 잘 먹어야 기운을 차릴 수 있을 거야. 오늘 밤은 내가 그녀 곁에 있겠네. 사태를 조심스럽게 살펴보아야 해. 하지만 다른 사람들이 알면 안 되네. 그럴 이유가 있어. 지금은 그 이유를 묻지 말게. 자네 나름대로 생각을 정리해보게. 도저히 생각할 수 없는 일까지도 생각해봐야 할 거야. 그럼, 잘 가게나."

9월 11일

오후에 힐링검으로 갔다. 루시의 상태는 좋아 보였고 반 헬싱 교수도 흡족한 모습이었다. 내가 도착한 지 얼마 되지 않아, 반 헬싱 교수 앞으로 큼직한 소포 하나가 배달되었다. 외국에서 온 소포였다. 그는 소포를 열더니 하얀 꽃다발을 꺼내어 루시에게 건네며 말했다.

"자, 당신 것입니다. 이건 약입니다. 하지만 복용하는 약이 아니에요. 이 꽃을 창문에도 걸어놓고, 당신 목에도 목걸이처럼 걸어놓을 겁니다. 그러면 달게 잠을 잘 수 있을 겁니다."

루시는 꽃다발 냄새를 맡아보더니 교수에게 말했다.

"어머, 교수님, 저를 놀리시는 거지요? 이건 보통 마늘꽃이잖아요."

"그래요. 마늘꽃입니다. 하지만 이게 아가씨에게 도움이 될 겁니다. 참, 누가 물어보더라도 절대 비밀입니다. 누가 물어보더라도 대답하지 말아요."

그의 태도가 하도 진지했기에 루시는 더 이상 왈가왈부하지 않았다.

교수는 꽃다발을 내게 보여주며 말했다.

"이건 내가 할렘에 직접 주문해서 온 거라네. 내 친구가 거기서 온갖 약초들을 재배하고 있지. 어제 전보를 쳐서 부탁한 거야."

이후 반 헬싱 교수가 한 행동은 정말 야릇했다. 그는 우선 창문을 조심스럽게 닫더니 다시 열리지 않도록 단단히 빗장을 채웠다. 그러더니 꽃을 한 줌 쥐고 창문틀 구석구석을 그것으로 문질렀다. 마치 바깥 공기가 조금이라도 안으로 들어오게 되면 마늘꽃 냄새가 그 공기에 배도록 하려는 생각인 것 같았다. 그는 같은 식으로 문설주와 문지방을 마늘꽃으로 샅샅이 문질렀고, 벽난로 겉면에도 문질렀다.

그 모습을 보고 내가 그에게 말했다.

"선생님, 정말로 도무지 이해가 되지 않네요. 선생님께서 하시는 일이, 마치 이 방에 악령이 들어오지 못하게 하시려는 것 같아요."

"맞아, 그럴지도 몰라."

그는 낮은 목소리로 대답한 후 꽃으로 목걸이를 만들기 시작했다. 그리고 루시가 잠자리에 들자, 그는 그녀에게 다가가 직접 목걸이를 걸어주었다.

"자, 내가 걸어준 그대로 놔둬야 해요. 그리고 오늘 밤, 좀 답답하게 느껴지더라도 절대로 방문이나 창문을 열지 말아요."

대기하고 있던 마차를 타고 루시의 집에서 멀어지면서 반 헬싱 교수가 내게 말했다.

"오늘은 좀 제대로 잘 수 있겠군. 한 사흘 제대로 자지 못했어. 내일 아침 일찍 루시 양에게 함께 가보기로 하세. 그녀가 내 마법 덕분에 얼마나 건강해졌는지 봐야지, 허허허."

제11장

루시 웨스텐라의 일기

9월 12일

그분들은 얼마나 고마운 분들인지! 반 헬싱 박사도 아주 좋으신 분이다. 하지만 그분이 왜 이 꽃들을 이렇게 온 방에 놓았는지 모르겠다. 정말이지, 그분이 하도 강하게 말하는 바람에 무섭기도 했다. 하지만 그가 옳았다. 벌써 마음이 놓이고 기분이 좋다.

나는 마늘꽃을 좋아하지 않는다. 그런데 오늘은 그 냄새가 나를 가라앉히는 것 같다. 벌써 졸음이 오는 것 같다. 모두들 편안한 밤을 맞기를!

수어드 박사의 일기

9월 13일

버클리에 도착했을 때 반 헬싱 박사는 이미 출발 준비를 한 채 나를 기다리고 있었고 우리는 호텔에서 부른 마차를 타고 8시에 힐링검에 도착했다.

우리는 루시의 집으로 들어가는 길에 복도에서 웨스텐라 부인과 마주쳤다. 그녀는 우리를 친절하게 맞아주었다.

"루시가 좋아져서 반가우실 거예요. 문틈으로 보니 아직 방 안에서 잠들어 있어요."

교수가 기분이 좋은 듯 말했다.

"아하, 제 진단이 옳았던 모양입니다. 치료가 효과를 본 것입니다."

그러자 웨스텐라 부인이 대답했다.

"선생님, 제 딸이 좋아진 건 선생님 치료 때문만은 아니랍니다. 제 덕이기도 하지요."

"부인, 무슨 말씀이신지요?"

"밤에 좀 걱정이 되어서 그 애 방에 가보았어요. 그 애는 편안하게 잘 자고 있었어요. 그런데 온 방에 지독한 냄새가 나는 꽃들이 여기저기 널려 있고 그 애 목에도 걸려 있는 게 아니겠어요! 제가 그것들을 모두 치워버리고 환기를 시키려고 창문도 열어놓았어요. 그 애가 훨씬 좋아졌을 거예요."

말을 마친 그녀는 아침 식사를 하려고 자신의 규방으로 들어갔다. 교수의 얼굴은 흙빛이 되어 있었다. 하지만 그는 부인의 건강을 염려해서 그녀 앞에서는 아무런 말도 하지 않았고 아무런 내색도 하지 않았다.

나는 반 헬싱 교수가 그렇게 절망하는 모습을 본 적이 없었다. 그는 두 팔을 치켜들고 말했다.

"오, 맙소사! 맙소사, 어찌 이런 일이! 도대체 그 어린 아가씨가 무슨 죄를 지었다고 이토록 시련을 겪어야만 한단 말인가!"

우리는 함께 루시의 방으로 올라갔다. 반 헬싱 박사가 루시의 침대 곁으로 가는 사이, 나는 전처럼 블라인드를 올렸다. 지난번처럼 소름끼칠 정도로 창백한 그녀의 얼굴을 보고도 그는 별로 놀라지 않았다. 그는 방문을 닫더니 세 번째 수혈 준비를 했다.

"자, 오늘은 자네가 시술을 하게. 피는 내가 제공할 거야. 자네는 이미 너무 허약해졌어."

수혈이 끝난 지 한 시간 후 루시는 다시 발그레한 뺨을 한 채 깨어났다.

그녀는 도대체 무슨 병을 앓고 있는 것일까? 오랫동안 정신병자들 틈에서 살아오면서 내 머리까지 이상해진 것일까?

9월 17일

저녁을 먹은 후 나는 내 사무실에 앉아 있었다. 그때 갑자기 문이 확 열리더니 렌필드가 방 안으로 뛰어 들어왔다. 그의 손에는 칼이 들려 있었다. 나는 뒤로 물러섰다. 하지만 그가 내게 곧장 달려들었고 아차 하는 사이에 왼쪽 손목을 베고 말았다. 그가 재차 공격하기 전에 나는 그를 땅바닥에 쓰러뜨렸다. 내 상처에서는 피가 계속 흘러 양탄자를 흥건히 적시고 있었다.

그런데 놀랍게도 그가 다시 공격할 생각을 않고, 내 심장이 멎을 것 같은 짓을 하고 있었다. 그는 엎드린 채 내 손목에서 나온 피를 핥아 먹으면서 중얼거리고 있었던 것이다.

"피는 곧 생명이다! 피는 곧 생명이다!"

간호인들과 경비들이 몰려와 그를 붙잡자 그는 고분고분 그들이 이끄는 대로 물러갔다.

나는 기진맥진해 있었다. 수혈로 기운이 떨어진 데다, 며칠간 잠도 자지 못했고, 게다가 이런 사건까지 겪은 것이다. 오늘은 무슨 수를 써서라도 잠을 좀 자야겠다. 다행히 반 헬싱 박사가 오늘은 나를 부르지 않았다.

반 헬싱이 앙베르에서 카팩스의 수어드에게 보낸 전보(전산 사고로 22시간 늦게 전해짐)

9월 17일

오늘 밤, 힐링검에 꼭 찾아가도록. 밤을 새지는 않더라도 꽃들이 제자리에 있는지 수시로 확인 바람. 대단히 중요함. 런던에 도착 즉시 자네에게 가겠음.

루시 웨스텐라가 남긴 메모

9월 17일

이 짧은 글을 간단히 종이에 적어 사람들 눈에 띄는 곳에 둔다. 오늘 밤에 있었던 일을 사람들에게 정확하게 알리기 위해서다.

지금 내 몸에서 힘이 점점 빠져나가고 있다. 곧 죽을 것만 같다. 펜을 잡을 힘조차 없다. 하지만 글을 쓰다 죽는 한이 있더라도 이 글을 써야 한다.

평소처럼 반 헬싱 박사 지시대로 마늘꽃 목걸이를 목에 두른 후 잠자리에 들었다. 내가 잠이 들려는 순간, 무언가 창문을 두드리는 소리에 잠에서 깨었다. 전에 휘트비에서 미나가 나를 구해주었던 몽유병 사건 이후 수시로 들었던 소리였다.

그때 바깥 숲속에서 무언가 울부짖는 소리가 들렸다. 개가 울부짖는 것 같았지만 그보다는 더 사납고 맹렬한 소리였다.

나는 창가로 가서 밖을 내다보았다. 하지만 아무것도 보이지 않고 커다란 박쥐 한 마리만이 보였다. 그놈이 창문을 두드렸음에 틀림없었다.

나는 침대로 돌아왔다. 그리고 잠을 자지 말아야겠다고 결심했다. 얼마 지나지 않아서였다. 문이 열리더니 어머니의 모습이 보였다. 어머니는 내가 잠들지 않은 것을 보고 안으로 들어와 내 침대 곁에 앉았다. 그러고는 평소보다 더 상냥하고 부드럽게 내게 말했다.

"애야, 네게 뭐 필요한 게 없나 해서 들렀단다."

나는 어머니가 추워하실까봐 함께 침대에 눕자고 말했다. 어머니가 나를 껴안고 누워 있을 때 다시 날개가 창문을 두드리는 소리가 들렸다. 어머니가 깜짝 놀라 겁에 질린 목소리로 외쳤다.

"아니, 저게 뭐니?"

순간, 관목 숲에서 어떤 짐승이 울부짖는 소리가 들리더니 잠시 후 유리창이 깨지는 소리가 들렸다. 유리 조각들이 방바닥에 흩어졌다. 창문 블라인드가 바람에 안으로 밀려들어왔고, 깨진 창유리 틈으로 잿빛 늑대가 으르렁거리며 머리를 내밀고 있었다. 어머니는 무서움에 질린 채 아무것이나 손에 잡히는 대로 방어를 하려고 했다. 어머니는 반 헬싱 박사가 내 목에 걸어준 꽃목걸이를 그러쥐더니 방 한가운데로 던졌다. 그러고는 마치 벼락이라도 맞은 듯 침대에 쓰러졌다. 나는 일어나 앉으려 했지만 꼼짝도 할 수 없었다. 무언가 알 수 없는 힘이 나를 누르고 있는 것 같았다. 나는 의식을 잃었다. 그리고 그 뒤의 일은 기억나지 않는다.

얼마 후 나는 의식을 되찾았다. 아, 이 일을 어찌 하면 좋은가? 어떻게 해야 한단 말인가? 나는 지금 어머니와 함께 방에 있다. 하지만 어머니의 몸은 이미 차가워져 있다. 어머니는 돌아가신 것이다. 이제 이 방에 나 혼자다. 깨진 창문을 통해서는 여전히 늑대가 으르렁거리는 소리가 들려오고 있다.

오, 하느님, 오늘 밤 제게 나쁜 일이 일어나지 않도록 저를

제11장

121

지켜주소서! 사랑하는 어머니가 떠나셨다! 이제 나도 갈 때가 됐다. 사랑하는 아서, 오늘 밤 내가 죽게 된다면 이것이 마지막 작별 인사가 되겠지요. 하느님께서 당신을 지켜주시기를! 그리고 저를 지켜주시기를!

제12장

수어드 박사의 일기

9월 18일

힐링검에 일찍 도착했다. 나와 거의 동시에 도착한 반 헬싱 박사는 나를 보자마자 말했다.

"아, 자네로군. 지금 오는 건가? 내 전보를 받지 못했나?"

나는 오늘 새벽에야 그의 전보를 받았고 부랴부랴 오는 길이라고 대답했다. 그는 잠시 생각에 잠겨 있더니 심각하게 말했다.

"우리가 너무 늦게 온 것 같아. 이 모든 게 주님의 뜻이라면……."

우리는 지체 없이 루시의 방으로 올라갔다.

그녀의 방으로 들어갔을 때 우리의 눈에 펼쳐진 광경을 어떻게 묘사할 수 있을까? 침대 위에 루시와 그의 어머니가 있었다. 어머니의 얼굴은 겁에 질린 채 창문 쪽을 바라보고 있었으며, 그 옆에 루시가 누워 있었다. 그녀의 얼굴은 어머니 얼굴보다 더 하얗게 질린 채 잔뜩 찡그리고 있었다. 루시가 두르고 있던 화환은 어머니의 가슴에 놓여 있었고 루시의 하얀 목이 드러나 있었다. 목에는 전에 말한 두 개의 상처가 있었고, 전보다 더 보기 흉했다. 박사는 한 마디 말도 없이, 머리가 거의 루시의 가슴에 닿을 정도로 몸을 기울였다. 그러더니 벌떡 고개를 들면서 외쳤다.

"아직 늦지 않았어! 빨리 브랜디를!"

나는 아래층으로 쏜살같이 내려가 브랜디를 찾아서 갖고 올라왔다. 우리는 루시의 입을 브랜디로 적신 후 열심히 그녀의 몸을 문질렀다. 시간이 지나자 효과가 나타나기 시작했다. 청진기를 통해 그녀의 심장 박동 소리가 점점 더 뚜렷하게 들려오기 시작한 것이다. 반 헬싱 박사의 얼굴에 안도의 빛이 어렸다.

우리는 하녀를 불러 우리가 돌아올 때까지 그녀를 깨우지 말라고 이른 후 밖으로 나와 아래층 식당으로 들어갔다.

식당으로 들어가자 반 헬싱 박사가 말했다.

"이제 어쩐다? 루시에게 또 수혈을 해주어야만 하는데……. 그렇지 않으면 한 시간도 못 갈 거야. 이제 도움을 받을 사람도 없는데……."

그때였다. 식당 한쪽 소파에서 누군가의 목소리가 들렸다.

"무슨 일인지 모르겠지만 제가 어떻겠습니까?"

반가운 목소리였다. 바로 퀸시 모리스의 목소리였던 것이다. 내가 반갑게 두 팔을 벌리며 그에게 다가가자 반 헬싱 박사도 얼굴이 밝아졌다.

"아니, 자네가 어쩐 일로?" 내가 악수를 청하며 그에게 물었다.

"문을 두드리니 하녀가 나타나서 두 분이 몹시 바쁜 일을 하고 계시다고 하더군. 그래서 이곳에서 기다리고 있던 것이라네. 이곳에 어떻게 오게 되었느냐고? 아서가 보낸 거라네."

그러면서 그는 품에서 전보를 한 장 꺼냈다.

수어드로부터 사흘 동안 아무 연락이 없어 심히 걱정됨. 아버지가 편찮으셔서 떠날 수 없음. 루시가 어떤지 내게 빨리 알려주었으면 함.

홈우드

제12장

125

"내 생각엔 내가 때맞춰 온 것 같은데, 무슨 일이든 할 테니 말만 해주게."

반 헬싱 선생이 그에게 다가와 그의 손을 잡고 말했다.

"한 여인이 곤경에 처해 피를 필요로 하고 있소. 용감한 남자만이 그녀를 구할 수 있소."

퀸시 모리스는 기꺼이 동의했고 선생은 그 끔찍한 수혈 작업을 다시 시행했다. 나는 퀸시 모리스를 아래층으로 데려가 마실 것과 음식물을 주라고 하녀에게 말한 후, 다시 위로 올라와 선생을 만났다. 선생은 손에 두세 장의 종이를 들고 있었다. 그는 그 종이를 내게 건네며 말했다.

"루시가 쓴 글이라네."

그 쪽지를 읽은 후 나는 할 말을 잊고 선생을 한동안 바라보았다. 나는 겨우 입을 열었다.

"도대체 이게 무슨 소리지요? 루시가 미친 겁니까, 아니면 진짜 무시무시한 일이 일어나고 있는 겁니까?"

"지금은 거기에 신경 쓰지 말게. 다 잊어. 자네가 모든 걸 다 알고 이해할 날이 올걸세. 하지만 좀 지난 후에……."

나는 곧바로 퀸시가 어떤지 보러 갔다.

그가 내게 말했다.

"이보게 존, 나는 나와 상관없는 일에 끼어드는 성격이 아니라네. 하지만 이번 경우는 예외인 것 같아. 자네도 알다시피 나는 루시를 사랑했고 그녀에게 청혼도 했던 사람이 아닌가? 도대체 무슨 일이 있는 건가? 아까 자네와 반 헬싱 교수가 나누는 이야기를 듣자니 두 사람은 이미 수혈을 해주었던 모양인데, 사실인가?"

"맞아."

"그렇다면 아서도?"

"그렇다네. 한 열흘 전쯤에."

"열흘 전! 그렇다면 그 가련한 아가씨 몸에 열흘 동안 네 사람의 피가 들어갔다는 말이로군. 아니, 도대체 왜 그녀 몸에서 피가 빠져나가는 건가?"

나는 고개를 흔들었다.

"그게 수수께끼라네. 반 헬싱 박사께서 그걸 알아내려고 힘쓰고 계신다네. 나는 짐작도 못 하겠어."

그러자 퀸시가 두 손으로 내 손을 잡으며 말했다.

"좋아, 나도 돕겠네. 자네와 그 네덜란드 양반이 하라는 일은 뭐든지 하겠네."

제12장

127

9월 19일

어젯밤 루시는 밤새 자다 깨다를 반복했다. 마치 잠드는 게 두려운 것 같았다. 반 헬싱 교수와 내가 교대로 그녀의 곁을 지켰다. 퀸시 모리스는 우리에게 아무 말도 하지 않았지만 그가 밤새도록 집 주위를 돌며 순찰했다는 것을 나는 알고 있었다.

아침이 되자 루시는 깨어났지만 기운이 전혀 없어 보였다. 고개를 돌리는 것도 힘들어 했으며 음식물도 거의 입에 넣지 못했다.

그녀는 간간이 잠이 들기도 했는데 깨어 있을 때와는 딴판이었다. 더 힘이 있어 보였고, 숨도 고르게 쉬었으며 얼굴이 사납게 변했다. 입이 벌어져 핏기 없는 잇몸이 드러나기도 했는데, 송곳니가 평소보다 더 길고 날카로워 보였다. 하지만 깨어 있을 때는 비록 힘은 없었지만 평소의 고운 눈매가 되살아났다.

오후에 루시가 아서에게 전보를 쳐달라고 했고, 전보를 받은 아서가 6시쯤 되어 힐링검으로 왔다.

이제 새벽 1시가 다 되어가고 있었다. 교수와 아서는 루시 곁에 앉아 있다. 15분 후면 내가 그들과 교대를 해야 한다. 그사이 나는 나의 이 일기를 루시의 축음기에 음성으로 담고 있다.

미나 하커가 루시 웨스텐라에게 보낸 편지

9월 18일

사랑하는 루시,

아주 불행한 일이 벌어지고 말았어. 호킨스 씨가 갑자기 세상을 떠난 거야. 부모도 모르고 자란 내가 아버지같이 믿고 의지하던 분이 돌아가셨으니 너무나 슬퍼. 게다가 조너선을 친아들처럼 귀여워하셨고, 우리 같은 처지에는 꿈도 못 꿀 막대한 재산을 물려주신 분인데…….

조너선은 자기 앞에 주어진 임무 때문에 너무 불안해하고 있어. 전 같았으면 그럴 사람이 아닌데……. 그이가 겪은 충격적인 일 때문에 마음이 약해진 것 같아.

모레 런던에 갈 일이 있어서 올라가게 될 것 같아. 호킨스 씨의 유언장에 자신을 선친 곁에 묻어달라고 했거든. 거기서 조너선이 상주 역할을 해야 해. 잠시라도 시간을 내서 너를 만나러 갈게.

변함없는 너의 친구, 미나 하커

수어드 병원의 패트릭 헤네시 박사가 수어드에게 보낸 편지

9월 20일

렌필드에 대해 보고를 드릴 말씀이 있어 삼가 보내드립니다. 그가 오늘 오후에 또 발작을 일으켰습니다. 두 사람이 마차를 끌고 와 우리의 이웃 빈집을 찾아왔습니다. 그런데 잠시 후 렌필드가 입에 담기 어려운 사나운 욕설을 하며 창문을 박차고 밖으로 나가버렸습니다. 렌필드는 그들에게 왜 내 것을 빼앗느냐, 왜 나를 죽이려 하느냐는 등 얼토당토않은 소리를 했습니다.

마차는 커다란 나무 상자 몇 개를 그 집에서 꺼내서 싣고 길을 내려가려는 중이었습니다. 렌필드는 마차꾼을 바닥에 팽개치더니 마구 때리기 시작했습니다. 내가 얼른 뛰어나가 그를 잡지 않았다면 마차꾼을 죽였을지도 모릅니다. 우리들은 겨우 렌필드를 제압해서 병원 안으로 끌고 들어올 수 있었습니다. 마부들에게는 금화 1파운드씩 주어서 겨우 마무리를 할 수 있었습니다.

뭔가 중요한 일이 생기면 즉시 보고를 드리겠습니다.

패트릭 헤네시 드림

수어드 박사의 일기

9월 20일

오늘 나는 너무나 슬프고 너무나 낙심해 있다. 제일 먼저 루시의 어머니가, 이어서 아서의 아버지가, 그리고 이제는……. 찬찬히 이야기를 해보자.

나는 반 헬싱 교수와 교대를 하고 부시를 지키고 있었다. 아서가 계속 곁에 있겠다고 고집했지만 기운을 차려야 제대로 루시를 도울 수 있을 것이라고 설득해서 겨우 가서 쉬게 했다.

루시는 그 어느 때보다도 상태가 안 좋았다. 입이 벌어져 잇몸이 드러났다. 송곳니는 더욱더 날카로워져 있었다. 내가 그녀 곁에 앉아 있는데 루시가 고통스러운 듯 몸을 움직였다. 그 순간 무언가 창문에서 퍼덕거리는 것 같은 소리가 들려왔다. 나는 창가로 가서 블라인드 한 귀퉁이를 들추고 밖을 내다보았다. 달이 휘영청 밝았고 내 눈에 커다란 박쥐 한 마리가 창문 쪽으로 날아왔다가 멀어졌다 하는 모습이 보였다. 놈은 창문 쪽으로 올 때마다 날개로 창문을 때렸다.

저녁 6시가 되자 반 헬싱 교수가 나와 교대하러 왔다. 아서는 지쳐 곯아떨어져서 쉬게 내버려두고 온 것이었다. 교수는 루시의 얼굴을 보더니 숨을 들이키며 내게 말했다.

"블라인드를 올리게. 밝은 데서 좀 자세히 보아야겠어."

내가 블라인드를 올리자 방 안이 밝아졌다. 그는 루시의 목에서 꽃을 치워낸 후 얼굴을 루시의 얼굴 가까이 대고 면밀히 살펴보았다. 그러고는 깜짝 놀라 소리를 질렀다.

"오, 하느님 맙소사!"

숨이 막히는 듯 목에 턱 걸리는 소리였다. 나도 몸을 구부려 그곳을 보았다. 온몸이 오싹해졌다. 목에 있던 상처가 말끔히 사라져버렸던 것이다! 5분 이상을 반 헬싱 교수는 꼼짝 않고 루시를 바라보고 있었다. 그 어느 때보다 심각하게 굳어 있는 얼굴이었다. 그는 내 쪽으로 몸을 돌리더니 조용히 말했다.

"그녀가 죽어가고 있다네. 이제 얼마 남지 않았어. 하지만 잘 듣게. 그녀가 잠을 자다가 죽는 것하고 깨어 있을 때 죽는 것하고는 차이가 있어. 가서 아서를 깨워 오게. 마지막으로 그녀를 볼 수 있게 해주어야지."

내가 아서를 깨워 다시 루시의 방으로 함께 들어갔을 때, 루시는 눈을 뜨고 있었다. 그녀는 아서의 모습을 보고 중얼거리듯 힘없이 말했다.

"아서, 내 사랑. 당신이 내 곁에 있어서 너무 행복해요."

아서는 그녀의 손을 잡고 곁에 무릎을 꿇었다. 루시는 아름다웠다. 눈매는 천사 같았고 입가에는 부드러운 미소를 띠고 있었다. 그녀는 스르르 눈을 감고 다시 잠에 빠져들었다. 그러자 놀라운 변화가 나타났다. 호흡이 점점 가빠지더니 입이 벌어졌다. 송곳니는 전보다 더 날카로워져 있었다. 그때였다. 그녀가 갑자기 눈을 떴다. 마치 몽유병 환자와 같은 눈이었다. 그리디니 그녀는 아주 육감석인 목소리로 아서에게 다시 말했다.

"오, 아서, 내 사랑! 당신이 내 곁에 있어서 너무 행복해요. 제게 키스해 주세요."

아서는 그녀에게 입을 맞추려고 몸을 구부렸다. 순간 반 헬싱 교수가 그를 와락 껴안으며 저지했다. 그는 두 손으로 아서의 목을 움켜잡고 어디서 그런 힘이 나왔나 싶은 엄청난 힘으로 그를 뒤로 밀어내며 말했다.

"안 돼! 그러면 안 돼! 절대로 그러지 말아요! 자네의 영혼과 그녀의 영혼을 위해서야!"

아서는 어리둥절한 가운데서도 교수의 말에 화를 내지 않았다. 뭔가 심상치 않은 것을 그의 말투에서 느낀 것 같았다. 우리는 가만히 서서 루시를 지켜보았다. 그녀의 얼굴이 분노를 참지 못하겠다는 듯 경련을 일으키고 있었고, 날카로운 이빨이

제12장

133

맞부딪히는 소리를 냈다. 그런 후 루시는 다시 눈을 감고 가쁘게 숨을 몰아쉬었다. 잠시 후 루시가 다시 눈을 떴다. 더 없이 부드럽고 고운 눈매였다. 루시는 힘없이 손을 내밀어 반 헬싱 교수의 손을 잡았다. 그녀는 그 손에 입을 맞춘 후 힘없이 말했다. 떨리고는 있었으나 더없이 정감어린 목소리였다.

"더없이 고마우신 분! 그이를 지켜주세요. 그리고 제게 안식을 주세요!"

교수는 그녀 옆에 무릎을 꿇고 선서하듯 엄숙하게 말했다.

"맹세하겠소."

그런 후 그는 아서를 보고 말했다.

"자, 이리 오게. 루시의 손을 잡아주게. 그리고 이마 위에 입을 맞춰주게. 하지만 딱 한 번뿐이네!"

그들의 입술 대신 눈이 마주쳤다. 그런 후 그들은 서로 떨어졌다. 다시 거친 숨소리가 들려오더니, 잠시 후 아무 소리도 들리지 않았다. 내가 반 헬싱 교수에게 말했다.

"오, 가련한 여인이여! 마침내 그녀에게 평화가 찾아왔군요. 이제 그녀에게 고통은 끝이 났습니다."

그러자 교수가 내 쪽으로 고개를 돌리며 중얼거렸다.

"아아! 아니야! 아니라고! 이제 고통의 시작일 뿐이야."

제13장

수어드 박사의 일기

9월 21일

장례식은 사망 이틀 후인 22일로 결정되었다. 그사이 장례식에 필요한 격식들은 모두 내가 처리했다. 가까이에 루시의 친척이 아무도 없었으며 아서마저도 아버지 장례식이 내일이어서 이곳에 있을 수 없었기 때문이었다.

오늘 정오 무렵에 웨스텐라 부인의 변호사가 왔다. 그의 말에 의하면 웨스텐라 부인은 자신이 곧 타계하리라는 것을 미리 알고 신변을 아주 말끔하게 정리해 놓았다. 부인은 모든 부동산과 토지를 아서 홈우드(아버지가 돌아가셨으니 이제 그가 아서 고다밍 경이 되었다) 앞으로 남겨 놓았다. 변호사는 나중에 아서 고다밍 경을 만나기 위해 오후에 다시 오겠다며 곧바로 돌아갔다.

아서는 5시경에 왔다. 몰골이 말이 아니었다. 그토록 헌신적으로 모시던 아버지가 돌아가시고 약혼녀까지 변을 당했으니 그 고통이 오죽했겠는가?

빈소에 이르자 그는 곧바로 오열을 터뜨렸다. 그는 내 어깨에 팔을 두르고 머리를 내 가슴에 묻은 채 말했다.

"오, 존! 나는 어쩌면 좋지? 모든 걸 다 잃은 것 같아! 이제 더 이상 살아가야 할 이유가 없어."

나는 정성을 다해 그를 위로했다. 하지만 남자들 사이에 말은 필요가 없었다. 그저 손을 꽉 쥐어주면서 함께 눈물을 흘렸을 뿐이다.

그가 어느 정도 진정이 되자 우리는 함께 루시를 보러 갔다. 루시는 마치 살아 있는 듯 아름다웠다. 그는 무릎을 꿇더니 그녀의 손을 잡고 입을 맞추었다. 그런 후 고개를 숙여 이마에도 입을 맞추었다. 마지막 작별 인사였다. 그는 방을 나서면서도 고개를 돌려 사랑하는 고인을 계속 바라보았다.

저녁을 먹을 때 나는 아서가 고통을 감추기 위해 최선을 다하고 있음을 알았다. 식사 도중 반 헬싱 교수는 아무 말도 없었다. 이윽고 식사가 끝나고 시가에 불을 붙였을 때, 그가 아서를 불렀다.

"고다밍 경!"

"아니, 제발 저를 그렇게 부르지 마세요. 그냥 아서라고 불러주세요. 편하게 말을 놓아주세요."

"그럼, 내가 부탁 하나 해도 되겠나?"

"물론이지요."

"웨스텐라 부인이 자네 앞으로 모든 재산을 남겨 놓은 건 알고 있겠지?"

"아뇨. 저는 그런 생각은 전혀 해본 적이 없습니다."

"그분이 그렇게 처리를 해놓았다네. 이제 모든 재산이 자네 거니까 자네 마음대로 처분할 수 있어. 그래서 내가 한 가지 부탁을 하려고 하네. 내가 루시가 남긴 글, 그녀가 받은 편지들을 모두 읽어볼 수 있도록 허락해주겠나? 단순히 호기심 때문이 아니라네. 그럴 만한 이유가 있어. 여기 그것들을 내가 가지고 있다네. 낯선 사람들이 손을 댈까봐 내가 미리 챙겨둔 거라네. 자네가 허락만 한다면 이걸 내가 보관하고 싶네. 물론 때가 되면 자네에게 돌려줄 거야. 어때, 내 부탁을 들어주겠나?"

아서는 언제나처럼 솔직하게 말했다.

"물론이지요. 뭐든지 박사님 하시고 싶은 대로 하세요."

미나 하커의 일기

9월 22일

나는 지금 엑시터로 가는 기차 안에서 일기를 쓰고 있다. 조너선은 자고 있다. 이 일기의 마지막 줄을 썼던 게 엊그제 같은데 지금 나는 조너선과 결혼한 몸이고, 그는 변호사 사무실 주인이 되었다. 호킨스 씨의 장례식은 아주 간소하게 치러졌다. 조너선이 다시 발작을 일으켰고, 무슨 나쁜 결과를 빚을까 걱정이다.

장례가 끝나고 돌아오는 도중, 조너선은 내게 하이드 파크 공원에 들렀다 가자고 했다. 나를 즐겁게 해주기 위해 그가 배려한 것이다. 하이드 파크에서 내린 우리는 공원길을 따라 피커딜리 거리를 향해 걸어 내려갔다.

그렇게 계속 걷고 있는데, 길리아노 가게 앞에 사륜마차가 한 대 서 있는 게 눈에 띄었다. 그리고 그 마차 안에는 커다란 모자를 쓴 아주 아름다운 젊은 여자가 앉아 있어 내 눈길을 더욱 끌었다. 그때였다. 조너선이 내 손을 으스러져라 꽉 쥐더니,

거의 숨도 못 쉰 채 내 귀에 대고 신음하듯 나직이 외쳤다.

"하느님 맙소사!"

그의 얼굴이 하얗게 질려 있었다. 그의 눈길은 키 큰 어떤 사내에게 고정되어 있었다. 그 사내는 호리호리했으며 매부리코에 검은 콧수염과 뾰족한 턱수염을 하고 있었다. 그 남자 역시 매력적인 아가씨를 바라보고 있었다. 그는 그 여자에게 정신이 팔려 우리들 모습을 보지 못하고 있었다.

나는 그 사람을 찬찬히 뜯어보았다. 인상이 안 좋았다. 냉혹하고 잔인해 보이면서 관능적이었다. 게다가 입술이 하도 새빨개서 어쩌다 보이는 이빨은 더 하얗게 보였으며 마치 짐승의 이빨처럼 날카로웠다.

내가 조너선에게 왜 그러느냐고 물었더니 그는 마치 내가 그 사람을 잘 알고 있기라도 한 듯 내게 말했다.

"저 사람 알지?"

"아뇨, 모르겠어요. 여보, 저 사람이 누군데요?"

"그래, 바로 그자야……."

조너선은 내가 부축해주지 않았으면 그 자리에 그대로 쓰러질 것만 같았다. 그는 완전히 겁먹은 표정이었다.

가게에서 뭔가 물건을 사들고 나온 남자가 사륜마차에 올라

타자 마차는 떠났고, 그 수상한 남자도 길을 가는 마차를 불러 세우더니 그 뒤를 따라갔다.

그들이 사라지자 조너선이 더듬더듬 말했다.

"그래, 그 백작이 틀림없어. 그런데 훨씬 젊어졌어. 오, 맙소사, 분명히 그자야. 오, 하느님, 이게 어찌 된 일입니까?"

나는 그에게 아무 질문도 하지 않았다. 그를 다시 고통스러운 기억에 빠지게 할 것이 두려웠기 때문이었다.

그래, 이제 때가 되었다. 그가 노트에 적어놓은 것들을 읽어야 한다. 아, 조너선, 그래도 나를 용서해주겠지요? 모두 당신을 위해서 하는 일이니까요.

얼마 후

집으로 돌아오니 비보가 기다리고 있었다. 반 헬싱이라는 분에게서 전보가 온 것이다.

웨스텐라 부인이 닷새 전에 세상을 떠난 데 이어, 루시 양도 이틀 전에 세상을 떠났다는 비보를 전해드리게 되어 유감입니다. 오늘 고인들의 장례식을 치렀습니다.

수어드 박사의 일기

9월 22일

이제 모든 게 끝났다. 아서는 퀸시 모리스와 함께 링으로 돌아 갔다. 퀸시는 정말 멋진 친구다. 퀸시 같은 사람을 계속 키워낸다 면 미국은 확실히 세계에서 강한 나라가 될 것이다.

반 헬싱 박사는 오늘 밤 암스테르담으로 갔다가 내일 다시 올 예정이다. 그는 개인적인 일을 처리하고 다시 런던으로 와 서 상당 기간 이곳에 머물 것이라고 했다. 런던에서 할 일이 있 다는 것이다.

「웨스트민스터 가제트」 9월 25일자 기사

햄스테드에서 일어난 이상한 일

이삼 일 전부터 햄스테드 인근에서 이상한 일들이 잇따라 일 어나고 있다. 어린아이들이 집을 나가거나, 들판에서 놀다가 한 참 지난 뒤에야 돌아오는 일이 빈번히 발생하고 있는 것이다. 돌아온 아이들은 너무 어려 무슨 일이 있었는지 설명을 하지 못하고 있다. 그러나 아이들이 더듬더듬 설명한 내용에는 공통

점이 있었다. 그들이 '피 빼는 여자'와 함께 있었다는 것이다.

아이들이 실종된 시각은 항상 늦은 저녁이었다. 두 어린이의 경우는 다음 날 새벽에야 발견되었다.

아이들의 장난으로 넘기기에는 조금 심각하게 생각해야 할 부분이 있다. 몇몇 아이들, 특히 하룻밤 동안 실종되었던 어린아이의 경우, 목에 상처가 있었다. 그 상처는 쥐나 작은 개에 의해 생긴 것으로 보인다. 하지만 그 동물이 무엇이든 간에 상처의 모습이 똑같다는 것은 심상치 않다. 지역 경찰들은 아이들, 특히 어린아이들을 특별히 보호하라는 지시와 근처를 어슬렁거리는 길 잃은 개를 경계하라는 지시를 받았다.

제14장

미나 하커의 일기

9월 23일

하룻밤을 힘들게 보내고 나더니 조너선이 많이 좋아졌다. 그는 할 일이 많다며, 종일 사무실에 있었다. 나는 방에 틀어박혀 그가 트란실바니아에 머무는 동안에 쓴 일기를 읽었다.

9월 24일

어제는 단 한 줄도 더 일기를 쓸 엄두가 나지 않았다. 조너선의 일기를 읽고 충격을 받았기 때문이었다. 정말 믿을 수 없는 이야기였다. 혹시 그이가 뇌막염에 걸린 상태에서 이런 끔찍한 일들을 상상 속에서 지어낸 건 아닐까? 아니면 이런 끔찍한 일들을 겪은 뒤에 뇌막염 증세가 나타난 것일까? 오오, 불쌍한 조너선! 그 어떤 경우건 얼마나 고통스러웠을까?

아마 진실은 영영 모르게 될지도 모른다. 그이에게 결코 물어볼 수 없기 때문이다. 그런데 어제 보았던 그 이상한 남자……. 조너선은 분명히 그 남자를 알아보았다. 그렇다면? 그 백작이 실제로 그렇게 무서운 인물이라면? 그가 지금 런던에 와 있다면? 그는 과연 무엇을 하려는 것일까?

반 헬싱이 하커 부인에게 보낸 편지

9월 24일

친애하는 부인께,

먼저 제 마음대로 이런 편지를 드리는 것에 대해 너그러운 용서를 부탁드립니다. 저는 루시 웨스텐라가 세상을 떠났다는 소식을 당신에게 전하는 힘든 숙제를 떠맡았던 사람입니다. 저는 고다밍 경이 친절하게 허락해준 덕분에 고인의 편지와 글들을 모두 읽을 수 있었습니다. 그 글들 중에서 저는 부인이 고인에게 보낸 편지들을 읽었습니다.

부인, 간청하지만 부인을 만나 뵐 수 있겠습니까? 대단히 중요한 일이며 사람들이 겪을 수도 있을 고통을 없애는 일이기도 합니다.

저는 존 수어드 박사와 고다밍 경의 친구입니다. 부인만 허락해주시면 곧바로 엑시터로 가겠습니다. 저는 부군께서 얼마나 큰 고통을 겪으셨는지 알게 되었습니다. 저는 부군께서 이 모든 것을 아직 모르시는 게 니으리라고 생각합니다. 그분의 건강에 해가 될지도 모르니까요.

다시 한번 용서를 빌며, 반 헬싱 드림

하커 부인이 반 헬싱에게 보낸 전보

9월 25일

가능하시다면 오늘 10시 15분 기차로 와주실 수 있는지요? 저는 온종일 집에 있을 것입니다. — 윌헬미나 하커

미나 하커의 일기

9월 25일

반 헬싱 박사와의 약속 시간이 다가올수록 걷잡을 수 없을 정도로 마음이 흥분된다. 왠지 그의 방문이 조녀선의 고통을 치유해줄 계기가 될 것 같은 기대도 든다. 조녀선은 일 때문에 아침 일찍 집에서 나갔고 내일 돌아올 예정이다. 결혼하고 처음 있는 일이다. 그에게 아무 일도 없기를……. 2시가 되었다. 반 헬싱 박사는 곧 도착할 것이다. 그는 루시의 일로 나를 찾아오는 것일 테니 조녀선의 일기에 대해서는 내가 먼저 이야기를 꺼내지는 않을 작정이다. 내 일기는 타자로 쳐놓은 게 있어서 다행이다. 박사가 원하면 건네주어야겠다.

얼마 후

2시 반쯤 문 두드리는 소리가 들렸다. 하녀가 문을 열어주었고 그가 들어왔다. 건장한 남자였으며 한눈에도 지적임을 알 수 있었다. 부드러운 듯하면서도 남성다운 엄격한 느낌을 물씬 풍겼다.

"하커 부인이시죠? 전에는 미나 머레이셨던……."

내가 맞다는 뜻으로 고개를 끄덕이자 그가 계속했다.

"저는 바로 그 미나 머레이 씨를 만나러 온 것입니다. 가엾은 루시 웨스텐라 양의 절친이었던……. 고인을 위해 제가 온 것입니다. 부인이 루시 양에게 보낸 편지를 제가 읽었습니다. 그에 관해 좀 더 자세한 이야기를 나누고 싶습니다."

"박사님, 그에 관해서는 모든 걸 다 말씀드릴 수 있을 것 같아요. 실은 세세한 것까지 제가 다 적어놓았거든요. 원하신다면 박사님께 보여드릴 수 있습니다."

"오, 부인! 그렇다면 정말 큰 도움이 되겠습니다."

내가 그에게 타자로 친 일기장을 건네주자 그는 눈을 빛내며 읽기 시작했다. 나는 그를 방해하고 싶지 않아, 점심 식사 준비가 어떻게 되어가는지 살펴보러 갔다.

내가 응접실로 다시 들어가니 그는 얼굴이 벌겋게 상기된 채 방 안을 서성이고 있었다. 그는 나를 보자 급히 달려와 내 손을 잡고 말했다.

"오, 부인! 이 기록은 마치 환한 햇살과 같습니다! 너무 환한 빛에 눈이 어지러울 지경입니다. 단도직입적으로 묻겠습니다. 부군은 어떠하신지요? 제발 말씀해주십시오. 이제 그 열병이 다 나았나요? 이제 건강하게 잘 지내시나요?"

제14장

147

나는 조녀선에 대해 말할 기회가 왔다고 생각하고 그에게 재빨리 대답했다.

"거의 다 회복이 되었어요. 하지만 호킨스 씨가 돌아가신 일로 충격을 받은 것 같아요. 게다가 런던에서……."

"런던에서 무슨 일이 있었나요?"

"지난 목요일에 또다시 충격을 받은 것 같아요. 어떤 사람을 우연히 보았는데, 그이에게 뇌막염을 일으킨 무서운 일을 다시 떠오르게 한 것 같았어요. 그 사람이 그 일의 장본인이라고 생각하는 것 같았어요."

그 말을 하면서 그동안 나를 사로잡고 있던 온갖 불안, 두려움, 걱정 들이 봇물처럼 쏟아져 나왔다. 나는 털썩 무릎을 꿇고 제발 남편이 건강을 회복할 수 있도록 도와달라고 그에게 간청했다. 그러자 그는 나를 잡아 소파에 앉힌 후 자신도 내 옆에 앉아 내 손을 꼭 쥐고 말했다. 한없이 부드러운 목소리였다.

"부인, 저는 오늘 엑시터에 머물 겁니다. 부인의 글을 읽고 깊이 생각해볼 게 많기 때문입니다. 생각을 정리한 후 부인께 부군에 대해 질문들을 드리도록 하겠습니다. 그때 부군께서 어떤 고통을 겪고 있는지 자세하게 말해주시기 바랍니다."

"그렇다면 박사님께 드릴 게 하나 더 있어요. 그이가 트란실바니아에 있을 때 기록한 것을 제가 타자로 옮겨 놓은 거예요. 저는 그것에 대해 뭐라고 말할 엄두가 나지 않아요. 박사님께서 직접 보시고 판단해주세요. 그리고 저를 다시 만나셨을 때 박사님 생각을 제게 들려주세요."

"약속하리다. 내일 아침 내가 다시 찾아오겠소."

그분은 내가 준 기록을 가지고 떠났다. 나는 혼자 남아 생각에 잠겼다. 도대체 그게 뭔지도 모르는 것에 대한 생각에……

반 헬싱이 하커 부인에게 인편으로 보낸 편지

9월 25일, 저녁 6시

친애하는 부인께,

부군의 놀라운 일기를 다 읽어보았습니다. 부군에 대한 모든 의혹을 다 떨쳐버리고 편히 주무시기 바랍니다. 정말 이상하고 무시무시한 일이지만 그 모든 것이 다 사실입니다! 맹세할 수 있습니다. 다른 사람들이 그런 일을 겪었다면 더 나쁜 상황에 빠졌을 것입니다. 하지만 부인과 부인의 남편, 두 분은 더 이상 아무것도 두려워할 게 없습니다. 부군은 정말 용감한 분입니다. 부군처럼 그 벽을 타고 그 방에 들어갈 수 있었던 사람, 그것도 두 차례나 그 일을 감행할 수 있었던 용감한 사람에게는 그 충격으로 받은 상처가 오래 가지 않을 것입니다. 정말로 같은 남자로서 장담합니다. 그의 정신이나 감정은 지극히 정상입니다. 부인의 남편을 만나보지 못했지만 제가 보증합니다. 그러니 마음을 편히 가지시기 바랍니다.

충실한 당신의 벗, 에이브러햄 반 헬싱 드림

하커 부인이 반 헬싱에게 보낸 편지

같은 날, 저녁 6시 30분

박사님께,

박사님 편지를 받고 얼마나 안심이 되었는지 몰라요. 박사님, 정말 감사드려요. 하지만 만일 박사님 말씀대로 그 일이 사실이라면 이 세상에 얼마나 끔찍한 일이 존재하는 걸까요! 더욱이 그 사람, 그 괴물이 런던에 있다니! 그 생각만 해도 소름이 끼쳐요. 박사님께 이 편지를 쓰는 동안 조녀선에게서 전보가 왔어요. 오늘 저녁 6시 25분 기차로 론스턴을 출발해서 10시 18분에 도착한다는 소식이에요.

박사님, 내일 아침 8시에 아침 식사 드시러 오시지 않겠어요? 답장은 안 하셔도 돼요. 아무 말씀이 없으시면 아침 식사를 준비해 놓고 기다리겠어요.

감사의 마음을 담아,
당신의 충실한 벗, 미나 하커 드림

조너선 하커의 일기

9월 26일

이렇게 다시 일기를 쓸 수 있으리라고는 생각하지 못했다. 그런데 다시 일기를 쓸 수 있게 되었다.

어젯밤 집으로 돌아오자 미나가 반 헬싱 박사가 다녀갔다는 이야기를 해주었다. 그리고 아내와 나의 일기 복사본을 그에게 주었다고 말했다. 그녀는 박사가 보내온 편지를 내게 보내주었다. 박사는 그 편지에서 내가 겪은 일이 모두 사실이라고 분명히 단언하고 있었다.

그 편지를 읽고 나자 나는 완전히 새사람이 된 기분이었다. 그동안 내가 두려워한 것은 내가 겪은 일 자체가 아니었다. 내

제14장

가 겪은 일이 과연 사실인가 하는 의혹, 내가 제정신이 아니었나 하는 의혹 때문에 괴로웠다. 이제 나는 사실을 알게 되었다. 사실을 알게 된 이상, 그 어느 것도, 그 누구도, 심지어 백작도 두렵지 않다. 그는 지금 런던에 와 있다. 전에 내가 본 자는 백작이 틀림없다. 그는 어떻게 젊어진 것일까?

다음 날 아침, 박사는 우리를 찾아왔다. 함께 식사를 하며 나는 내 속마음을 다 이야기했다. 나 자신조차 믿을 수 없는 상황에서 견디기 힘들었지만 이제는 그 고통에서 벗어날 수 있게 해준 그에게 감사했다. 식사 후 나는 그를 역까지 배웅했다. 열차에 올라탄 그가 내게 말했다.

"내가 연락을 하면 런던으로 오실 수 있겠소? 부인과 함께."

"언제고 말씀만 하시면 둘이 올라가겠습니다."

나는 그에게 조간신문들을 갖다주었다. 기차가 출발하기를 기다리며 그는 신문을 뒤적거렸다. 그런데 갑자기 그의 낯빛이 변했다. 그의 손에는 「웨스트민스터 가제트」지가 들려 있었다. 그는 신문 기사를 읽더니 고통에 찬 목소리로 말했다.

"오, 맙소사! 맙소사! 벌써!"

그때 기적 소리가 울리고 기차가 움직이기 시작했다. 그는 퍼뜩 정신을 차리고 창밖으로 몸을 내밀고 내게 손을 흔들었다.

"부인에게 작별 인사를 다시 전해주시오. 되도록 빨리 연락하겠소."

수어드 박사의 일기

9월 26일

렌필드는 선에 없이 얌전하다. 그는 지금 온통 거미에 몰입해 있어 아무런 골칫거리도 저지르지 않는다. 아서에게서도 잘 지내고 있다는 편지가 왔다. 퀸시 모리스가 그와 함께 있다.

오후 5시쯤 되었을 때 반 헬싱 선생이 뛰다시피 내 방으로 들어왔다. 그의 손에는 「웨스트민스터 가제트」지가 들려 있었다.

그가 신문을 내게 내밀며 말했다.

"이 기사 보았나? 자네는 어떻게 생각하나?"

그는 햄스테드에서 일어나고 있는 아이들 실종 기사를 손으로 가리켰다. 나는 별다른 생각 없이 기사를 읽다가 아이들 목에 작은 구멍이 뚫려 있다는 대목을 보고 화들짝 놀랐다.

"어때?" 그가 물었다.

"불쌍한 루시에게 있었던 일과 똑같네요."

"그래, 역시 눈치가 빠르군. 이제 이해할 수 없는 일이 실제로 벌어질 수 있다는 것을 알겠나? 그러나 자네는 만일 그런 일이 벌어지더라도 그런 것을 그냥 신비스러운 일로만 여길 거야. 왜 그런 일이 벌어지는지 설명하려는 노력은 안 할 거야. 믿을 수 없는 일이 벌어진다는 것을 믿지 않기 때문이지."

"그러니까 선생님께서는 어떤 선입견 때문에 어떤 이상한 일에 대한 궁금증이나 이해하려는 노력을 그만두지 말라는 말씀이시지요?"

"맞아, 역시 내 수제자다워. 자네는 가르칠 마음이 들게 만들어. 자, 이제 이해할 마음의 준비가 되었나? 그렇다면 아이들 목에 난 상처나 루시의 목에 난 상처가 뭔가 똑같은 것에 의해 생긴 것 같지 않나?"

"제가 보기에도……."

그러자 그가 갑자기 자리에서 벌떡 일어났다.

"아니야! 그러면 좋겠지만 자네 생각이 틀렸어. 사실은 그보다 훨씬 더 나쁜 일이 벌어지고 있는 거야."

"선생님, 도대체 무슨 말씀이신지 저는 도저히……."

그는 의자에 털썩 주저앉더니 두 손으로 얼굴을 감싸고 내게 신음처럼 내뱉었다.

"그 아이들은 바로 루시 양에게 희생된 거라네!"

제15장

수어드 박사의 일기(9월 26일 계속)

나는 책상을 거칠게 내리치며 박사에게 대들었다.

"박사님, 제정신으로 하시는 말씀이세요?"

선생이 두 눈을 들어 나를 지긋이 바라보았다. 부드러운 그 눈길에 내 마음이 곧 가라앉았다.

"차라리 내가 미친 거라면! 이런 진실을 견뎌내기보다는 차라리 미쳐서 아무것도 모르는 게 나을 거야. 하긴 자네가 그렇게 말하는 것도 무리가 아니지. 오늘 저녁 자네가 믿을 수 있도록 증명을 해주겠네. 어때, 나와 함께 가보겠나?"

하지만 나는 망설였다. 내가 사랑했던 여자가 죽은 것도 슬

푼데, 죽은 이후에 그녀가 악행을 저질렀다는 사실을 어찌 쉽게 받아들일 수 있단 말인가? 게다가 그것을 증명하려고 함께 가자는 말을!

내가 망설이는 것을 보고 교수가 말했다.

"내 제안은 간단해." 그는 주머니에서 열쇠 꾸러미를 꺼내더니 내게 흔들며 말을 이었다.

"우리 둘이 루시가 잠들어 있는 묘지로 가는 거야. 이게 그 묘지 열쇠야. 아서에게 전해주겠다며 내가 묘지기에게서 받아놓은 거지."

우리가 함께 병원을 나섰을 때는 벌써 어둠이 깔려 있었다. 우리는 함께 저녁을 먹은 후 밤 10시쯤 되어서 식당에서 나왔다. 그리고 교회 묘지 담에 이르자 그 담벼락을 타고 넘었다. 선생은 미리 보아두었는지 웨스텐라 가문의 납골당을 쉽게 찾았다.

선생이 열쇠를 꺼내 삐걱거리는 문을 열었다. 그리고 그는 가방을 뒤져 성냥과 초를 찾아 촛불을 밝혔다. 신선한 꽃들이 꽂혀 있는 납골당은 낮에 보았을 때는 오싹한 느낌을 줄 뿐이었지만 밤에 보니 무시무시하기 이를 데 없었다. 선생은 루시의 관을 찾아낸 다음 가방을 뒤져 드라이버를 꺼냈다.

"뭘 하시려는 거지요?" 내가 물었다.

"관을 열 거야. 그러면 나를 믿게 될걸."

그는 드라이버로 나사못을 뽑아낸 후 관 뚜껑을 열었다. 그러자 납으로 만든 내관(內棺)이 모습을 드러냈다. 그는 가방을 뒤지더니 작은 실톱을 꺼냈다. 그는 드라이버를 납 위에 대고는 톱으로 드라이버를 힘껏 내리쳤다. 이내 작은 구멍이 뚫렸다. 실톱 끝이 들어가기에는 충분한 구멍이었다. 그는 그 실톱으로 납관을 썰어 내려갔다. 납관 한 부분을 떼어내서 아래로 밀어낸 후 그가 나보고 와서 보라는 신호를 보냈다.

이럴 수가! 관은 비어 있었다. 나는 충격을 받았다. 하지만 반 헬싱 선생은 침착할 뿐이었다. 그는 그저 자신이 확신하고 있던 것을 확인한 정도였다.

잠을 이룰 수가 없다. 하지만 잠을 자기는 해야 한다. 반 헬싱 선생이 정오에 나를 보러 오기로 했기 때문이다. 그는 내게 또 다른 모험을 겪게 할 모양이다.

9월 27일

우리가 다시 납골당에 들어갈 수 있었을 때는 오후 2시가 다 되어서였다. 그곳에서 정오에 있었던 장례식이 그제야 끝이 났기 때문이었다. 관리인이 묘지 문을 닫고 사라진 것을 확인한 후 우리는 어제처럼 루시의 관 앞으로 갔다. 그가 몸을 숙여 납관의 테두리를 잡아당겼을 때 나는 온몸에 소름이 끼칠 정도의 충격을 받았다. 루시가 거기 누워 있었다. 그런데 장례식 전날밤 보았던 모습 그대로였다. 어찌 보면 더 아름다워진 것 같기도 했다. 그런데 선생이 그녀의 입을 벌리자 하얀 이빨이 드러났다. 전보다 훨씬 날카로워져 있었다.

그가 말했다.

"루시는 몽유병 상태에서 혼수상태인 가운데 흡혈귀에게 물렸다네. 오, 자네 놀라는군. 무리가 아니지. 나중에 다 설명해주겠네. 그러니 흡혈귀는 마음껏 그녀의 피를 빨 수 있었을 거야. 루시는 혼수상태에서 죽었고 그 때문에 혼수상태에서 불사귀(不死鬼)가 된 거야. 그래서 그녀는 다른 귀신들과는 달라. 이 여자가 자고 있을 때 불사귀의 모습이 아닌 아름다운 모습을 보여주는 건 그 때문이야. 자, 보게나. 사악한 구석이 전혀 없지? 그러니 잠들어 있을 때 죽이기가 더 힘들겠어."

그의 말에 내 피가 얼어붙는 것 같았다. 죽은 그녀를 또다시 죽인다니! 이 얼마나 끔찍한 생각이란 말인가!

"목을 자른 후 입에 마늘을 집어넣고, 몸에 말뚝을 박을 생각이네."

나는 생각만 해도 등골이 오싹했다. 하지만 생각보다 그 느낌이 강하지는 않았다. 나는 선생이 말한 이 불사귀 앞에서 이미 혐오감을 느끼기 시작하고 있었던 것이다.

선생은 잠시 생각에 잠겨 있더니 가방을 닫으면서 말했다.

"최선의 방법이 어떤 건가 생각해보았네. 생각 같아서는 지금 당장 이 불사귀를 해치우고 싶었네. 하지만 그 결과를 생각해야 해. 이 불사귀 하나를 처치하는 걸로 우리 일이 끝나는 게 아니야. 게다가 나중에 아서에게 도움을 받을 일이 생길지도 모르는데, 이 일을 어떻게 설명할 수 있겠나. 그가 직접 납득하게 만들어야 해.

자, 자네는 병원으로 돌아가서 환자들을 살펴보게. 나는 이곳으로 다시 돌아와 밤을 지새울 작정이야. 내일 밤 10시, 버클리 호텔로 나를 찾아오게. 아서와 미국 친구에게 그곳으로 오라고 편지를 해야겠어. 우리 모두 할 일이 많을 거야. 피커딜리 거리까지는 자네와 함께 가겠네. 거기서 함께 식사를 하세."

납골당 문을 잠그고 나온 우리는 다시 한번 묘지의 담을 타고 넘었다. 그리고 피커딜리를 향해 마차를 몰았다.

제16장

수어드 박사의 일기

9월 28일

반 헬싱 교수의 전보를 받은 아서와 퀸시가 10시에 버클리 호텔로 왔다. 나는 거기서 선생이 아서를 설득하기 위해 그와 나눈 대화를 일일이 다 기록하지는 않겠다. 그 누가 자기 연인, 아니 거의 아내와 같던 여자의 무덤에 다시 가보자는 말에 선선히 동의를 하겠는가! 그 누가, 그녀가 불사귀가 되었다는 말을 믿겠는가? 반 헬싱 교수를 제자로서 존경하는 나마저도, 실제로 그녀의 모습을 본 순간조차도 반신반의하지 않았는가?

하지만 아서는 결국 노교수의 진지함과 성실함에 감동을 받았다. 게다가 반 헬싱 교수도 엄연히 그녀에게 피를 나누어준 사람 아니던가! 선생이 이 모든 것이 루시에게 해악을 끼치려는 게 아니라 그녀에게 안식을 주려는 것이라고 말하자 그는 선생과 함께 가보기는 하겠다고 동의했다.

우리는 정확히 12시 15분 전에 교회 묘지에 도착했다. 선생이 제일 먼저 납골당 문을 열고 들어갔고 우리는 그 뒤를 따랐다. 우리는 모두 루시의 관 앞에 섰다. 망설이면서 아서가 앞으로 나서자 선생이 내게 말했다.

"자네, 이틀 전에 나와 이곳에 왔었지? 시신이 있었던가?"

"예, 분명히 있었습니다."

그는 등을 돌리고 아서와 퀸시에게 말했다.

"자네들도 들었지? 저 안에 시신이 있으리라는 걸 의심하는 사람은 아무도 없겠지?"

그러자 그가 내관의 뚜껑을 전처럼 일부분 옆으로 비껴나게 했다. 모두들 고개를 숙이고 관 안을 들여다보았다. 하지만 그 안은 텅 비어 있었다.

한동안 아무도 말이 없었다. 이윽고 퀸시가 입을 열었다.

"교수님, 저는 교수님을 믿습니다. 말씀 좀 해주십시오. 교수님께서 이렇게 하신 겁니까?"

제16장

161

"내 모든 신성한 것에 두고 맹세하지만 결코 내가 치운 게 아니라네. 내가 한 건 아무것도 없어. 자, 이제까지의 일은 아무것도 아니라네. 정작 이상한 일은 이제부터라네. 자네들 나와 함께 밖으로 나가서 몸을 숨기고 지켜보도록 하세."

우리는 모두 밖으로 나왔고 선생이 제일 뒤에 나오면서 문을 잠갔다.

아서는 말이 없었다. 이게 도대체 무슨 일인지 나름 알아내려고 애쓰는 모습이 역력했다. 나는 이제 모든 의심을 다 떨쳐버리고 선생이 하는 일을 그대로 믿어버리고 싶은 기분이었다. 모든 것을 느긋하게 받아들일 줄 아는 퀸시 모리스는 그저 대범하게 일이 돌아가는 모양을 즐기는 듯 태연하게 씹는담배를 질겅질겅 씹고 있었다.

반 헬싱 교수는 이미 해야 할 일을 미리 정해놓은 듯 일을 착착 진행시키고 있었다. 그는 가방에서 하얀 손수건으로 정성스럽게 싸 놓은 얇은 비스킷 비슷한 것들을 꺼냈다. 다음으로 그는 허연 반죽 두 덩어리를 꺼냈다. 그런 후 그는 비스킷들을 잘게 조각내더니 그 반죽과 함께 비벼서 덩어리를 만들었다. 이어서 그는 그 반죽들을 얇게 썰더니 납골당 문과 문설주 사이에 끼워 넣었다. 나는 의아한 생각에 그에게 무얼 하는 거냐고 물었다.

"불사귀가 드나들 수 없도록 납골당을 봉쇄하는 거라네."

"아니, 이 반죽 덩어리가 불사귀가 드나드는 걸 막을 수 있단 말입니까? 지금 장난하시는 걸로 알겠습니다." 퀸시의 말이었다.

"그런데 지금 사용하시는 게 뭡니까?" 이번에는 아서가 물었다.

"성체의 빵이라네. 내가 암스테르담에서 가져온 거라네."

선생이 지금 하고 있는 일이 그토록 신성한 물건을 사용해야 할 정도로 심각한 일이라면 더 이상 그를 의심할 수는 없었다. 우리는 선생의 지시대로 절대로 발각되지 않을 장소에 몸을 숨기고 기다렸다.

꽤 오랫동안 정적이 흘렀다. 그때였다. 선생이 "쉿!" 하며 손가락으로 어딘가를 가리켰다. 주목들이 늘어선 가로수 길 아래쪽에서 희끄무레한 형체가 다가오고 있었다. 그 품에는 뭔가 시커먼 게 안겨 있었다.

그 형체가 우리들 가까이 오자 우리는 그 형체를 알아볼 수 있었다. 틀림없이 루시 웨스텐라였다. 그리고 그 품에 안겨 있는 것은 잠들어 있는 아이였다. 내 심장이 얼어붙는 것 같았고, 아서의 가쁜 숨소리가 들렸다.

그 형체는 분명 루시였다. 하지만 우리가 알고 있던 이전의 루시가 아니었다. 그 온화하던 얼굴은 냉혹하고 잔인하게 변해 있었으며, 순수하던 표정은 관능적 욕망에 이글거리고 있었다.

반 헬싱 선생이 나무 뒤에서 앞으로 걸어 나갔다. 그의 손짓을 따라 우리도 그 뒤를 따랐다. 우리는 납골당 문 앞에 한 줄로 섰다. 반 헬싱 선생이 초롱불을 덮고 있던 덮개를 벗겨내자 그 빛이 루시의 얼굴로 쏟아졌다. 입술이 신선한 피로 새빨갛게 물들어 있었고, 핏줄기가 턱으로 흘러내려 수의를 적시고 있었다.

우리는 모두 두려움에 몸을 떨고 있었다. 아아, 흡혈귀를 바로 눈앞에서 보게 되다니! 그것도 우리 모두가 사랑하던 바로 그 여인이 흡혈귀가 되어 나타났다니! 등불이 파르르 떨리고 있는 걸 보면 강철 같은 반 헬싱 선생조차 떨고 있는 것이 틀림 없었다. 내 곁에 서 있던 아서는 내가 팔을 부축하지 않았다면 그 자리에 쓰러졌을 것이다.

루시—나는 우리들 앞에 있던 그 괴물을 루시라고 부를 수밖에 없다. 그 괴물은 분명 루시의 모습을 하고 있었으니까—는 우리들 모습을 보자 으르렁거리며 뒤로 물러났다. 그리고 우리들을 죽 훑어보았다. 분명 루시의 눈이었지만 맑고 상냥한 눈이 아니라 지옥의 불이 이글거리고 있는 눈이었다.

순간 그 눈에 사악하고 음탕한 기운이 가득 번지더니 아이를 바닥에 내팽개치고 아서에게 다가갔다. 아서는 뒤로 물러서면서 두 손으로 얼굴을 가렸다.

"어서 이리 오세요, 아서. 저랑 같이 가요. 오, 나의 사랑하는 남편!"

그 목소리는 당사자가 아닌 우리까지 아찔하게 만들었다. 아서는 마치 마술에라도 걸린 듯 얼굴을 가리고 있던 두 손을 풀고 두 팔을 활짝 벌렸다. 루시가 그에게 뛰어들려는 찰나, 반 헬싱 선생이 앞으로 나서며 그들 사이에 서서 작은 금 십자가를 앞으로 내밀었다. 루시는 그것을 보자 멈칫하며 분노로 얼굴을 일그러뜨리더니 납골당으로 들어가려는 듯 그를 지나쳐 앞으로 돌진했다.

그런데 납골당 문 앞에서 그녀가 돌연 걸음을 멈추었다. 그러더니 몸을 뒤로 돌리고 적의에 찬 눈빛으로 반 헬싱 선생을 노려보았다. 그토록 적의에 불타는 얼굴은 다시는 볼 수 없으리라. 아름답던 낯빛은 흙빛이 되었고, 눈에서는 지옥 불꽃이 튀었다. 그녀는 이맛살을 잔뜩 찌푸리고 있었으며 피로 얼룩진 입을 크게 벌리고 있었다. 단 한 번 쳐다보는 것만으로도 사람을 죽일 수 있는 그런 무시무시한 얼굴이었다.

제16장

루시는 십자가와 납골당 문 사이에서 꼼짝도 못하고 있었다. 일 분도 채 안 되는 짧은 시간이었지만 내게는 한없이 길게 느껴졌다.

반 헬싱 선생이 침묵을 깨고 아서에게 물었다.

"어떤가? 내가 하려던 일을 계속할까?"

아서가 무릎을 꿇으며 말했다.

"선생님 뜻대로 하십시오. 이보다 끔찍한 일은 더 이상 있으면 안 됩니다."

선생은 등불을 땅에 내려놓았다. 그러고는 납골당 문으로 가더니 문틈에 끼워 놓았던 성물들을 치우기 시작했다. 그가 그 일을 마치고 뒤로 물러서자 분명히 사람의 형체를 지니고 있는 루시가 칼날이 겨우 들어갈까 말까 한 그 틈을 통해 안으로 들어갔다. 루시가 사라지자 선생은 다시 반죽으로 문 틈새를 메웠다.

일을 끝내자 그는 아이를 들어 올리며 말했다.

"자, 이제 가세. 내일이 될 때까지는 이제 할 일이 없네. 내일 정오에 장례식이 있을 거야. 그것이 끝나면 바로 여기에 다시 모이세. 조문객들이 다 돌아간 후에 우리가 할 일이 있어. 오늘 했던 일과는 종류가 달라. 아이는 경찰이 발견할 수 있을 만한 곳에 갖다 놓기로 하지."

나는 아서와 퀸시를 우리 집으로 함께 데리고 갔다. 가는 도중 우리는 서로의 용기를 북돋았다. 우리는 모두 지쳐 있었기에 꽤나 푹 잠을 잘 수 있었다.

9월 29일

12시 조금 전에 우리들은 선생을 찾아갔다. 우리는 1시 반쯤 되어서 교회 묘지에 도착했다. 장례식이 거행되고 있었다. 우리는 사람들 눈에 띄지 않는 곳에서 기다리고 있다가 그들이 모두 빠져 나가자 선생을 앞세우고 납골당 안으로 들어간 후 문을 안에서 잠갔다.

선생은 호롱불을 밝힌 후 촛불도 두 군데 밝혀 놓았다. 그런 후 그가 루시가 들어 있는 관 뚜껑을 열었고 우리는 모두 안을 들여다보았다. 죽었을 때의 아름다운 모습을 그대로 간직한 채 루시가 누워 있었다. 그것만으로도 그녀가 불사귀라는 것을 충분히 증명해주고 있었다. 이미 죽은 지 열흘이 되었는데 어떻게 죽을 때 모습을 그대로 간직할 수 있단 말인가!

아서의 얼굴에도 증오심이 나타나 있었다. 그가 선생에게 물었다.

"이게 정녕 루시의 몸입니까? 아니면 악마가 루시의 모습을 하고 있는 것입니까?"

"루시의 시신이면서 루시의 시신이 아니기도 하다네. 하지만 조금 기다리게. 원래 그녀의 모습을 보여줄 테니."

반 헬싱 선생은 가방에서 미리 치밀하게 준비해 온 물건들을 꺼내기 시작했다. 그는 우선 납땜인두와 약간의 납 뭉치를 꺼냈다. 그런 후 그는 작은 석유램프를 꺼내 불을 붙였다. 그가 납 골당 한쪽에 그것을 놓자 파란 불꽃을 일으키며 강렬한 열기를 내뿜었다. 다음에 그는 해부칼을 꺼내어 가까이에 놓았다. 그가 마지막으로 꺼낸 것은 원통 모양의 나무 막대기와 묵직한 망치였다. 나무 막대기의 굵기는 지름이 약 10센티미터 정도였고 길이는 약 1미터 정도였다. 그는 그 끝을 불에 그을린 다음 끝을 날카롭게 다듬었다.

준비가 끝나자 반 헬싱 선생이 우리들에게 말했다.

"작업을 시작하기 전에 자네들에게 설명을 해주겠네. 이 불사귀에게는 불멸의 저주가 내려 있네. 불사귀들은 죽을 수가 없어. 시대와 시대를 이어가면서 새로운 희생자들을 만들어야 하고, 그러면서 이 세상의 악을 키워나가게 되는 거지. 불사귀의 먹이가 되어 희생당한 자는 그 자신이 불사귀가 되어 다음 사람을 제물로 삼게 되는 거라네. 그 결과 마치 돌을 물에 던졌을 때 그 파문이 점점 크게 번져나가듯이 악이 번져나가게 되는 거라네.

아서, 기억나나? 루시가 죽기 전에 자네에게 입을 맞추려 했지? 그리고 어제도 자네가 그녀에게 두 팔을 벌렸었지? 내가 막지 않았다면, 자네도 나중에 죽은 후 불사귀가 되었을 걸세.

이 아가씨는 이제 갓 불사귀 노릇을 시작한 거라네. 그래서 아직 아이들을 해치지는 않은 거야. 우리는 이 아가씨가 불사귀의 덫에서 벗어나 영원한 안식을 얻게 해주려는 것이라네. 겉으로는 그녀에게 잔인한 짓을 하는 것처럼 보이겠지만, 그 손은 그녀를 자유롭게 해주는 축복의 손이라네. 그뿐이 아니지. 그녀에게 희생되었던 아이들의 목에서 상처가 말끔히 없어지고 그 아이들도 저주에서 벗어나게 될 걸세."

아서의 눈이 떨리고 얼굴이 창백해졌다. 하지만 그는 선생 앞으로 성큼 나서며 다부지게 말했다.

"선생님, 감사합니다. 제가 해야 할 일을 말해주십시오. 기꺼이 따르겠습니다."

"그래, 장한 일이야. 어려울 것 없다네. 한순간 용기를 내면 돼. 딱 한 번이야. 그걸로 그만이야! 이 말뚝으로 저 몸을 꿰뚫

제16장

169

는 거라네. 엄청난 시련이지. 하지만 아주 간단한 일이야. 그 일을 완수하고 나면 자네의 고통이 컸던 만큼, 기쁨도 클 것이네.

자, 왼손으로 이 말뚝을 잡게. 뾰족한 끝으로 심장을 겨냥하고, 오른손에 이 망치를 들게. 우리들이 망자를 위한 기도를 올리기 시작하면 하느님의 이름으로 망치로 내려치게. 그러면 망자는 안식을 얻을 것이고, 불사귀는 영원히 사라지게 될 거라네."

아서는 말뚝과 망치를 두 손에 들었다. 반 헬싱 교수가 기도서를 펼쳐 읽기 시작하자 나와 퀸시도 따라했다. 일단 행동에 나서자 아서는 조금도 망설이거나 떨지 않았다. 아서는 심장 위치에 말뚝의 뾰족한 끝을 갖다 댔다. 그런 다음 그는 있는 힘을 다하여 내리쳤다.

관 안의 시체가 사지를 심하게 뒤틀더니 버둥거렸다. 이빨을 악물자 입술이 찢어졌고 입 주위에 선홍빛 거품이 일었다. 하지만 아서는 조금도 망설이지 않았다. 그는 다시 망치로 말뚝을 내리쳐, 깊이깊이 쑤셔 넣었다. 심장에 구멍이 뚫렸고 피가 용솟음쳤다. 납골당 안에는 우리의 기도 소리가 울려 퍼지고 있었다.

시체의 버둥거림이 점점 잦아들더니 이윽고 꼼짝 않게 되었다. 무시무시한 과업이 끝난 것이다. 이제 관 안에 누워 있는 것은 괴물이 아니었다. 살아 있을 때 우리가 보았던 모습 그대로의 루시였다. 그때 그대로의 청순함과 아름다움을 지니고 있었으며, 그때 그대로의 고통과 슬픔이 남아 있었다.

반 헬싱 교수는 아서에게 다가가 어깨에 손을 얹고 말했다.

"이보게, 아서. 이제 나를 용서해주겠나?"

아서는 노인의 손을 잡아 자신의 입술로 가져가면서 말했다.

"오오, 선생님께서는 하느님의 축복이 있을 것입니다! 저의 사랑하는 여인에게 영혼을 되돌려주셨고, 제게 평화를 주셨으니."

"자, 이제 루시에게 키스를 해주게. 이제 그녀는 영원히 사악한 불사귀로부터 벗어났다네. 그녀의 영혼은 이제 주님과 함께 있다네."

아서는 몸을 숙여 그녀에게 입을 맞추었다.

선생과 나는 아서와 퀸시를 밖으로 내보낸 다음 마무리 작업을 했다. 말뚝의 끝을 그대로 몸에 박아놓은 채 윗부분을 톱으로 잘라냈고, 시체의 머리를 자르고 입 안에 마늘을 채웠다. 우리는 납관을 땜납으로 다시 봉해놓고 관 뚜껑을 나사로 채운 다음 물건들을 챙겨 밖으로 나왔다. 선생은 문을 잠근 후 열쇠를 아서에게 주면서 말했다.

제16장

171

"이제 1단계 임무가 끝났네. 하지만 우리에게는 더 큰 임무가 남아 있지. 모두들 나를 도와주리라 믿네. 내일 저녁 7시에 존의 집에서 만나세. 두 사람이 더 올 걸세. 존, 자네는 나와 함께 버클리 호텔로 가세."

제17장

수어드 박사의 일기(계속)

반 헬싱 교수와 함께 버클리 호텔에 도착해 보니 전보가 한 통 와 있었다.

기차로 올라가겠습니다. 조너선은 휘트비로 갔습니다. 중요한 소식이 있습니다.

미나 하커

전보를 보고 선생이 반색을 했다.

"아, 하커 부인! 정말 훌륭한 여자야. 루시와 절친한 친구지. 하지만 그녀를 기다리기 어렵겠어. 오늘 밤 암스테르담에 급히 다녀와야 하거든. 자네가 자네 집으로 좀 모실 수 있겠나?"

그는 차를 마시면서 조너선 하커가 외국에 있을 때 썼던 일기 이야기를 내게 해주었다.

그는 그가 쓴 일기 사본과 미나 하커가 휘트비에 있을 때 쓴 일기 사본을 내게 주며 말했다.

"이것들을 가지고 가서 잘 연구해보게. 내가 돌아올 때쯤이면 자네도 사태를 다 파악할 수 있게 될 거야."

나는 미나 하커를 마중하기 위해 패딩턴역으로 갔다. 기차 도착 15분 전이었다.

나는 역에서 그녀를 만났다. 아름답고 세련된 여자였다. 그녀는 내게 루시에게 이야기를 자주 들어 나를 이미 알고 있었다고 말했다.

우리는 함께 집에 도착했다. 그녀는 이곳이 정신 병원임을 미리 알고 있었음에도 불구하고, 막상 병원 문지방을 넘을 때, 자신도 모르게 몸을 떨고 있음을 나는 눈치 챌 수 있었다.

미나 하커의 일기

9월 29일

몸을 씻은 후 나는 수어드 박사의 집무실로 내려갔다. 그의 방 책상 위에는 말로만 든던 축음기가 놓여 있었다. 내가 서기에 눈길을 주자 그가 말했다.

"이, 제 일기를 녹음하고 있었습니다."

"제게 좀 들려주실 수 있으세요?"

"물론이지요."

그 말과 함께 축음기 쪽으로 가던 그는 뭔가 난처한 표정을 지었다.

"저, 사실은 이걸 들려드리기가 좀…… 제 환자들에 대한 기록이라서……."

나는 그가 난처해하지 않도록 말을 바꾸었다.

"그렇다면 루시의 임종에 대해 들려주세요. 선생님께서는 곁에 계셨잖아요. 루시는 제게 정말 소중한 친구였거든요."

"부인, 그건 좀…… 곤란한데요……."

순간 나는 그가 무언가 감추려하고 있다는 것과 그가 녹음한 내용에는 무언가 무서운 내용이 들어 있음을 직감할 수 있었다.

그때 그의 책상 위에 내 일기 복사본과 조녀선 일기 복사본이 놓여 있는 것이 눈에 띄었다. 나는 용기를 내어 그에게 말했다.

"선생님은 저를 잘 모르세요. 제 일기와 제 남편의 일기를 다 읽으시면 저를 더 잘 아시게 될 거예요."

그가 잠시 나를 바라보더니 고개를 끄덕였다. 그는 자리에서 일어나더니 커다란 서랍을 열었다. 그 안에는 검은 밀랍을 발라놓은 금속 원통 여러 개가 가지런히 놓여 있었다. 그의 음성들이 녹음되어 있는 원통임이 분명했다.

"부인 말씀이 옳습니다. 제가 부인에 대해 선입견을 갖고 있었습니다. 부인은 모든 것을 다 아셔도 됩니다. 부인께서 제게 일기를 내놓으셨는데 제 일기를 못 보여드릴 이유가 없지요. 이 원통들을 가져가서 들어보십시오. 그동안 저는 부인과 부군의 일기를 읽고 있겠습니다. 그런 다음에 저녁을 드시지요."

그는 축음기를 손수 내 방에 딸린 작은 응접실로 옮겨다주고 원통을 걸어주었다.

수어드 박사의 일기

9월 29일

내가 흥미롭게 조너선 하커와 그의 아내의 일기를 거의 다 읽었을 때 하커 부인이 서재로 내려왔다. 그녀는 슬픈 표정이었으며 눈물을 흘린 듯 눈자위가 충혈되어 있었다.

내가 그녀에게 천천히 말했다.

"공연히 부인의 마음을 너무 아프게 해드린 것은 아닌지 모르겠습니다."

"아니에요. 제기 박사님의 일기들을 타자로 옮겨 놓겠어요. 저는 이 땅에서 그 무서운 괴물을 없애기 위한 싸움이 우리들 앞에 놓여 있다는 걸 알게 되었어요. 그 싸움을 위해서는 가능한 한 모든 힘을 모아야 한다고 생각해요. 그러려면 다른 사람들도 알아야 해요."

"네, 부인의 말씀, 잘 알겠습니다."

그녀는 대단히 분별력이 있고 용기 있는 여자임을 나는 확실히 알게 되었다.

9월 30일

9시에 조너선 하커 씨가 도착했다. 미나 하커가 그에게 빨리 오라고 전보를 친 것이었다. 그를 보자마자 비상한 머리에, 힘이 넘치는 사람임을 알 수 있었다. 그의 일기가 사실이라면—

물론 내 경험에 비추어 그것이 사실임을 나는 믿고 있었다—
그는 대단히 용감한 사람이기도 했다.

얼마 후

점심 식사 후 하커 부부는 그들의 방으로 돌아갔다. 그 방 앞을 지날 때 타자 치는 소리가 들렸다. 하커 부인은 자기들이 가지고 있는 모든 증거들을 시간 순서대로 정리하겠다고 했다. 하커는 이제 휘트비에서 상자를 수령한 사람들과 그것을 운송한 회사 사이에 오간 편지들도 지니고 있다. 그가 그 편지들에서 우리들의 앞길을 밝혀줄 그 무언가를 찾아낼 수 있다면 좋으련만…….

나의 병원 바로 옆의 빈집이 드라큘라 백작의 은신처일지도 모른다는 생각을 한 번도 하지 않았다니! 렌필드의 이상한 행동에서 충분히 그런 의심을 할 수도 있었으련만! 이제 우리는 그 집의 구입과 관련된 서류들도 다 가지고 있다. 아아, 그것들을 좀 더 일찍 구할 수만 있었더라도 불쌍한 루시의 목숨을 구할 수 있었을 것을!

하커가 내 방에 왔다 갔다. 그는 모든 자료들을 차분하게 정리하고 있으며 저녁 식사 때까지는 모든 사건들을 하나로 엮어서 이야기해줄 수 있을 거라고 했다.

조너선 하커의 일기

9월 29일

나는 지금 런던으로 가는 기차를 타고 있다. 휘트비에 있는 빌링틴 씨가 사기가 가지고 있는 모든 정보를 내게 주겠다고 전갈을 보냈다. 나는 내가 직접 휘트비로 가서 현장을 조사하는 게 나으리라고 생각하고 런던행 열차에 올랐다.

역에는 빌링턴 씨의 아들이 마중 나와 있었다. 빌링턴 씨는 상자의 운송과 관련된 모든 서류를 내게 주었다. 그것들 중에는 내가 백작의 성에서 보았던 서류들도 있었다. 그의 악마적인 계획을 내가 아직 모를 때 본 서류들이었다. 또한 '실험용으로 쓰일 50상자'라고 쓰인 송장(送狀)도 볼 수 있었고, 빌링턴 씨가 런던의 카터 패터슨 상사와 주고받은 서신들도 있었다. 빌링턴 씨는 그 서신들의 사본을 내게 만들어주었다.

모든 것을 대조해서 확인한 결과 이제 한 가지만은 확실해졌다. 바르나에서 데메테르호를 통해 휘트비에 도착한 상자들은 하나도 빠짐없이 카팩스에 있는 낡은 예배당으로 배달되었다는 사실이었다. 그 뒤에 다른 곳으로 옮겨진 게 없다면 50개의 상자는 고스란히 그곳에 남아 있을 것이다.

9월 30일

미나와 하루 종일 일을 했다. 수어드 박사의 일기를 보면 그 중의 일부가 다른 곳으로 옮겨졌을 가능성이 많아졌다. 카팩스에서 상자를 실어내다가 렌필드의 습격을 받았다는 마차꾼들을 만나봐야겠다.

어쨌든 모든 서류의 정리가 끝났다.

미나 하커의 일기

9월 30일

고다밍 경과 모리스 씨가 생각보다 일찍 도착했다. 내가 그들을 맞았다. 나는 그들에게 나와 내 남편이 모든 서류와 기록들을 다 읽었으며, 그것들을 타자로 쳐놓고 정리했다고 말했다. 나는 서재에서 읽으라고 그들에게 사본 한 부씩을 주었다.

제18장

수어드 박사의 일기

9월 30일(계속)

병원에서 일을 보고 5시쯤 집으로 돌아오니 고다밍과 모리스가 이미 도착해 있었다. 그들은 하커와 그의 훌륭한 아내가 작성한 여러 일기와 서류들의 검토를 끝낸 뒤였다. 하커는 아직 돌아오지 않았다. 그는 헤네시 박사가 편지에서 말해준 마차꾼들을 만나러 나간 참이었다.

차를 마시면서 하커 부인이 내게 말했다.

"수어드 박사님, 부탁 하나 드려도 될까요? 렌필드라는 환자를 만나보고 싶어요. 박사님 일기를 보니, 너무 흥미로워요."

나는 거절할 도리가 없었다.

내가 렌필드의 방으로 가서 어떤 부인이 그를 보자고 한다고 말하자 그가 물었다.

"왜요?"

"그분은 이 시설을 방문하신 분이야. 이 시설에 있는 사람들을 모두 만나보고 싶어 한다네."

"좋아요. 들어오시라고 해요. 잠깐! 청소 좀 해야지."

그의 청소라는 것은 아주 별난 것이었다. 바로 상자 속에 들어 있는 파리와 거미를 먹어치우는 것이 바로 그의 청소였던 것이다.

곧바로 그녀가 들어왔고, 다정하게 웃으며 그에게 손을 내밀었다.

"안녕하세요, 렌필드 씨. 수어드 박사님이 당신 이야기를 해주셔서 잘 알아요."

그러자 렌필드가 입을 열었다.

"부인께는 제가 아주 이상한 사람으로 보이겠지요. 하긴 제 주변 사람들이 저를 가두어둬야 한다고 생각한 것도 당연한 일이긴 합니다. 저는 살아 있는 생명체를 다량으로 섭취하기만 하면—아무리 하등생물이라도 말입니다—생명을 무한히 연장할 수 있다고 생각했었으니까요. 아마 박사님께 들었을 겁니다. 박사를 죽이려고 하면서 '피는 곧 생명이다!'라고 외친 적이 있다는 것을. 피를 통해 박사의 생명을 제 생명과 동화시키려고 한 거지요."

나는 그의 말을 듣고 깜짝 놀랐다. 과연 저 친구가 바로 5분 전에 파리와 거미를 산 채로 삼킨 사람과 같은 사람이란 말인가! 어찌 서리 침착하고 논리 정연할 수 있단 말인가!

시계를 보니 반 헬싱 교수를 맞으러 역으로 갈 시간이었다. 부인에게 그 사실을 말하자 그녀는 렌필드에게 다정한 인사말을 던졌다.

"안녕히 계세요. 앞으로는 보다 좋은 환경에서 종종 뵙기를 원해요."

그러자 그가 화답했다.

"잘 가세요, 부인. 하지만 제발, 당신의 매력적인 얼굴을 다시는 보지 않게 되기를 바랍니다. 신의 축복과 가호가 함께 하시기를!"

그의 인사는 나를 다시 한번 놀라게 했다.

나는 역으로 반 헬싱 박사를 마중 나갔다. 집으로 돌아오면서 나는 그가 없는 동안 있었던 일을 모두 들려주었다. 그는 병원 바로 옆의 빈 건물이 바로 드라큘라 백작이 구입한 집이라는 내 말을 듣고 깜짝 놀라며 탄식했다.

"아, 왜 그 사실을 더 일찍 알지 못했던가! 진즉에 그를 붙잡아 루시를 구할 수 있었을 것을! 하지만 지나간 일을 후회해서 뭐하겠나. 더 이상 그 생각은 말고 우리의 목표를 향해 나아가세."

그는 말이 없었고 그 침묵은 우리들이 집에 도착할 때까지 이어졌다.

자, 이제 모든 기록이 완벽하게 정리되어 있는 셈이다. 우리는 저녁 8시에 모이기로 합의를 보았다. 반 헬싱 교수는 그 전에 기록을 검토해보겠다며 사본을 한 부 가져갔다. 이제 우리는 모든 정보를 숙지한 상태에서 저 신비스러운 적과 맞서 싸울 계획을 세울 수 있게 된 것이다.

미나 하커의 일기

9월 30일

식사 후 두 시간 뒤인 8시에 우리는 수어드 박사의 집무실에서 모였다. 제일 먼저 반 헬싱 교수가 입을 열었다.

"자, 이제 우리 모두 일기와 편지에 관한 내용들을 숙지했으리라고 봅니다. 그러니 우선, 우리가 맞서고 있는 적이 과연 어떤 존재인지 여러분들에게 말씀드려야 할 것 같습니다. 그런 후 우리가 과연 어떻게 행동해야 하는지 함께 의논해보고, 그에 따른 조치를 취하기로 하지요.

이 세상에는 흡혈귀들이 존재합니다. 나도 처음에는 그 사실을 의심했지만 이제는 확신합니다. 여러분들도 저와 같은 입장일 겁니다. 그 흡혈귀는 시간이 흘러도 죽지 않습니다. 한 번 침을 쏘고 나면 죽어버리는 벌과는 달리 피를 마시면서 더 강해집니다. 살아 있는 사람의 피를 마시면서 더 젊어집니다. 그의 자양분은 음식물이 아니라 바로 피입니다. 우리의 친구 조녀선이 그의 성에 있을 때 그가 식사하는 모습을 한 번도 본 적이 없는 건 바로 그 때문입니다. 그에게는 그림자도 생기지 않고 거울에 그 모습이 비치지도 않습니다. 모두 조녀선이 실제로 목격한 사실입니다.

게다가 그에게는 신비스러운 힘이 있습니다. 그자가 죽은 이들에게 접근하면 그들은 모두 그의 부하가 되어 그를 보호합니다. 그리고 그자는 어느 한계 내에서는 언제 어느 곳에서건 나타날 수 있습니다. 또한 자연력도 이용할 수 있습니다. 폭풍우를 몰아오고, 안개를 피울 수 있으며, 천둥을 치게 할 수 있습니다. 그자는 또한 쥐, 올빼미, 박쥐, 나방, 여우, 늑대 등 하등 동물을 마음대로 부릴 수 있으며 스스로 늑대나 박쥐로 변신할 수도 있습니다. 또한 머리카락처럼 아주 미세한 틈새로도 드나들 수 있습니다. 게다가 아무리 어두워도 모든 것을 똑똑히 볼 수 있습니다.

그런 자를 없앤다는 것은 정말로 힘겨운 일입니다. 하지만 우리는 이 싸움에서 이겨야만 합니다. 목숨이 소중해서 이겨야 하는 게 아닙니다. 목숨 따위는 아무것도 아닙니다. 우리가 지는 날에는 우리가 모두 그자처럼 됩니다. 우리는 모두 그자처럼 악마가 될 것이며 천국으로 향하는 문은 아무에게도 열리지 않을 것입니다."

그는 잠시 말을 멈추고 호흡을 골랐다. 우리들은 우리도 모르게 서로의 손을 맞잡고 있었다. 마치 엄숙한 결사 모임의 입문식을 치르는 것 같았다.

교수가 말을 이어나갔다.

"자, 우리는 우리가 맞서 싸워야 할 적의 정체를 알았습니다. 하지만 우리에게도 힘은 있습니다. 우리 쪽에는 애정으로 뭉친 결속력이 있습니다. 흡혈귀에는 없는 힘입니다. 그는 증오 덩어리이기 때문입니다. 또한 우리는 밤이고 낮이고 자유롭게 활동할 수 있습니다. 하지만 그자의 자유에는 제한이 있습니다. 아니, 제한이 있는 정도가 아닙니다. 그자는 노예선의 노예보다도 더, 정신 병원에 갇힌 환자보다도 더 좁은 곳에 갇혀 있는 존재입니다. 그자에게는 가고 싶어도 갈 수 없는 곳이 있습니다.

우선 그자는 집 안 사람 가운데 누군가 허락하지 않으면 그 집에 들어가지 못합니다. 그자를 받아들이고 안 받아들이고는 집주인의 마음에 달려 있다는 뜻입니다. 하지만 단 한 번만이라도 허락을 받으면 그다음에는 마음대로 드나들 수 있게 됩니다.

또, 날이 밝으면 그자의 모든 힘은 사라집니다. 또한 특정한 시간에만 자유가 허용됩니다. 그가 만일 자기가 가고자 하는 장소에 있지 못한다면, 정오와 해가 뜨고 질 무렵에만 그곳으로 이동할 수 있습니다. 다른 때는 그자가 지금 있는 장소에서 꼼짝도 못 한다는 거지요.

게다가 그자를 꼼짝 못 하게 만드는 물건들이 있습니다. 마늘이 바로 그것입니다. 그리고 그에게 십자가를 들이대면 그는 뒤로 물러납니다. 그밖에도 몇 가지가 더 있습니다. 들장미 가지를 관 위에 올려놓으면 그자는 관에서 빠져나오지 못합니다. 심장에 말뚝을 박거나 머리를 잘라버리면 그자를 없앨 수 있는

제18장

187

데, 그 효과는 우리가 이미 경험한 바 있습니다.

우리는 그 흡혈귀가 있는 곳을 알아내면 우리가 알고 있는 것을 활용해 그를 관에 가둔 후 처치할 수 있습니다. 하지만 쉽지는 않습니다. 그자는 영리한 자이기 때문입니다. 부다페스트 대학에 있는 제 친구에게 그 흡혈귀에 대한 자료를 조사해달라고 했더니 온갖 자료를 다 뒤져 그의 내력을 제게 알려주었습니다.

여러분, 놀라지 마십시오. 그자는 십자군 원정 때 터키에서 큰 공을 세운 드라큘라 총독임이 분명합니다. 그자는 결코 평범한 인물이 아닙니다. 그자는 당대는 물론이고 그 뒤로도 몇 세기 동안, 저 트란실바니아에서 나온 인물들 가운데 가장 용감하고 가장 총명하며, 가장 교활한 자로 알려져 있습니다. 드라큘라는 위대하고 고결한 가문의 후손입니다. 하지만 전해지는 이야기에 의하면 가문이 이어져오는 가운데 마왕과 거래를 한다는 소리를 들은 인물들이 가끔 나왔다고 합니다. 그자는 그런 인물의 후손임에 틀림없습니다."

교수는 잠시 멈췄다가 다시 말을 이어나갔다.

"자, 이제 우리가 앞으로 어떻게 해야 할지 결정해야 합니다. 우리는 이제 흙이 담긴 50개의 관이 카팩스로 운반되었다는 것을 알고 있습니다. 그리고 그중 몇몇이 다른 곳으로 옮겨졌다는 것도 알고 있습니다. 우리는 우선 그자의 집을 수색해야 합니다. 그자의 관이 카팩스에 있다면 괴물이 휴식을 취하고 있을 때 그놈을 잡거나 죽여야 합니다. 아니면 그 흙을 못 쓰게 만들어 그 괴물의 안식처를 없애야 합니다. 그런 후 정오나 해질 녘 사이에 제자리에서 꼼짝도 못 하고 있는 그자를 발견해서 처치해야 합니다.

만일 옮겨진 관들이 있다면 우리는 관이 옮겨진 곳을 하나하나 추적해서 놈의 안식처를 찾아야만 합니다.

그 전에 하커 부인께 드릴 말씀이 있습니다. 부인은 이제까지 우리들에게 큰 도움을 주었습니다. 하지만 이 시간부터 우리가 과업을 완수할 때까지 이 일에서 손을 떼셔야 합니다. 위험을 감수해야 하는 것은 바로 우리 남자들이고, 부인은 우리의 별이요, 희망으로 남아 있어야만 합니다. 당신은 그런 위험한 일에 나서기에는 너무나 소중한 분입니다."

나는 받아들이는 수밖에 없었다.

그들은 모두 이웃집 수색을 위해 당장 행동에 나섰다.

제18장

189

수어드 박사의 일기

10월 1일, 새벽 4시

우리가 밖으로 나가려고 하는 바로 그 순간 렌필드에게서 만나자는 전갈이 왔다. 내게 말해줄 매우 중요한 일이 있다는 것이었다. 반 헬싱 교수도 렌필드에게 흥미로운 게 많다며 함께 가자고 말했고, 고다밍 경과 퀸시 모리스, 조너선 하커도 마찬가지였다. 우리 다섯 명은 함께 렌필드에게로 갔다.

렌필드는 매우 흥분한 상태였다. 하지만 나는 그가 그처럼 양식(良識)있게 말하는 것을 본 적이 없었다. 그가 말한 급한 볼일이란, 자신을 당장 이곳에서 퇴원시켜 집으로 보내달라는 것이었다. 그는 나와 함께 간 사람들에게 자기가 이곳에서 나가야 하는 이유를 설명했다. 내용은 알쏭달쏭했지만 어쨌든 너무나 조리가 있었다. 하지만 그는 몇 번이고 갑작스레 변했던 사람이 아닌가?

나는 그에게 그의 증세가 많이 좋아지고 있다, 하지만 이렇게 당장 결정할 수 있는 문제가 아니다, 다음 날 아침 둘이 길게 이야기를 나누어본 다음 결정하겠다고 말했다. 그러자 그가 즉각 반박했다.

"선생은 나를 조금도 이해하지 못하고 있소. 나는 지금 당장 나가고 싶다 이거요. 시간이 임박해 오고 있소. 나 자신을 위해서가 아니라 다른 사람을 위해 간청하는 거요. 그 이유를 당신에게 설명할 만큼 나는 자유롭지 못하오. 그러니 제발 나를 여기서 내보내주시오."

나는 더 이상 이곳에서 지체할 시간이 없다고 생각했다. 나는 일행들에게 밖으로 나가자고 했다. 그러자 그가 무릎을 꿇고 애원했다.

"박사님, 제발 이렇게 애원합니다. 수갑을 채워도 좋고, 사슬을 묶고 감시인을 붙여도 좋아요. 감옥으로 데려가도 좋아요. 제발 여기서만 나가게 해주세요. 난 미치광이가 아니에요. 난 지금 진지하게 애원하고 있는 겁니다. 나를 여기 놔두면서, 당신이 얼마나 큰 잘못을 저지르고 있는 건지, 또 누구에게 화를 입히고 있는 건지 당신은 모르고 있어요! 제발 나를 내보내주세요!"

그가 곧 발작에 빠질 것 같았다. 나는 그의 손을 잡아 일으키며 엄한 말투로 말했다.

"자, 이제 됐소. 침대로 가서 조용히 누우시오."

그는 멍한 표정으로 나를 바라보더니 침대가로 가서 앉았다.

제18장

191

우리가 방을 나서려는데 그가 조용하고 점잖은 목소리로 말했다.

"수어드 박사, 내가 오늘 당신을 설득하기 위해 얼마나 최선을 다 했는지 훗날 당신도 알게 될 거요."

제19장

조너선 하커의 일기

10월 1일, 새벽 5시

렌필드의 방을 나서며 퀸시 모리스가 수어드 박사에게 말했다.

"정말이지, 저렇게 정신이 멀쩡한 정신병자는 처음 봐."

그러자 이번에는 반 헬싱 박사가 말했다.

"존, 그 환자의 병이 어떻게 진행되었는지는 나보다 자네가 훨씬 잘 알지. 다행이야. 내가 결정을 내릴 수 있는 입장이었다면, 아마 그 환자를 풀어주었을 거야. 하지만 그런 요행이나 바랄 수는 없지. 그러기엔 우리가 해야 할 일이 너무 중요해. 자네, 잘한 걸세."

수어드 박사는 마치 두 사람에게 동시에 대답하듯 말했다.

"두 분 말씀이 옳아요. 그가 그냥 일반 환자였다면 저도 풀어주었을 겁니다. 하지만 그의 행동은 드라큘라 백작의 움직임과 연관이 있는 게 분명합니다. 그가 하자는 대로 해주었다가는 무슨 큰 잘못을 저지르게 되지 않을까 걱정이 됩니다. 그는 백작을 '주인님'이라고 부른 적도 있습니다. 그는 백작을 돕기 위해 밖으로 나가려 한 것 같습니다. 제가 보기에는 늑대나 박쥐를 부리듯, 백작이 그를 부리는 것 같습니다."

말을 나누면서 우리는 그 빈집에 도착했다. 현관에서 반 헬싱 박사는 가방을 열고 물건들을 꺼내더니 그것을 넷으로 나누어 바닥에 놓았다. 네 사람 각자의 몫이었다.

박사가 말했다.

"놈은 장정 스무 명의 힘을 가진 자라네. 우리는 우리를 보호해야 해. 이 은 십자가를 심장 가까이 지니고 있게. 그리고 이 마늘꽃으로 만든 화환을 목에 걸도록 하게. 이 권총과 칼이 필요할 때도 있을 것이고, 이 작은 전등도 도움이 될 걸세. 그리고 이건 다른 수단이 소용이 없을 때 마지막으로 사용하는 거라네. 신성한 물건이니 함부로 쓰지 않도록 하게."

그는 미사 때 쓰이는 성체의 빵을 꺼내어 소중하게 봉투에

넣더니 우리들에게 나누어주었다.

우리는 모두 그가 시키는 대로 무장을 했다.

우리는 문을 열고 안으로 들어갔다. 수어드 박사 손에는 만능열쇠 뭉치가 있었으며 그 열쇠들을 번갈아 시험해본 결과 문을 열 수 있었다. 우리는 모두 똑같은 무기로 무장한 채 안으로 들어갔다. 물론 박사가 앞장을 섰고 우리들이 그 뒤를 따랐다. 각자 호롱불을 손에 든 채, 탐색의 길에 들어선 것이다.

집 안은 온통 먼지투성이였다. 바닥의 먼지는 그 두께가 몇 인치는 될 것 같았다. 불을 비춰보니 여기저기 최근에 생긴 발자국들이 나 있었다. 안으로 들어가니 홀 안 탁자 위에 커다란 열쇠 꾸러미가 놓여 있었고, 열쇠마다 빛바랜 꼬리표가 붙어 있었다.

우리들은 예배당을 찾았다. 전에 드라큘라 성에서 도면을 본 적이 있는 내가 앞장을 섰다. 이윽고 예배당을 찾은 우리는 열쇠를 찾아 그 문을 열었다.

문을 열자 짐작대로 역겨운 냄새가 뿜어져 나왔다. 내가 드라큘라 백작의 성에서도 이토록 역겨운 냄새를 맡은 적은 없었다. 그 건물은 밀폐되지 않았기 때문이었을 것이다. 하지만 이 예배당은 작은 데다 밀폐되어 있었다. 정말 견디기 어려운 역겨운 냄새였다. 죽음을 가져오는 온갖 질병의 냄새가 뒤범벅이 되어 있다고 할까, 썩은 것이 다시 썩어 문드러지는 냄새라고나 할까, 지금 생각해도 구역질이 나는 냄새였다.

하지만 우리에게는 사명감이 있었다. 우리는 처음에는 뒷걸음질을 쳤지만 금세 기운을 되찾고 씩씩하게 우리가 해야 할 일을 시작했다.

우리가 해야 할 첫 번째 일은 과연 이곳에 관이 얼마나 남아 있는지 세어보는 일이었다. 우리가 샅샅이 조사해본 결과 50개의 관 중에 29개만 그곳에 남아 있었다. 일단 그것을 확인한 후 우리는 그곳에서 나왔다.

그곳에서 나오자 반 헬싱 교수가 열쇠 꾸러미를 가방에 넣으며 말했다.

"성공적인 탐색이었네. 모두 무사한 데다, 없어진 관이 몇 개인지 확인할 수 있었으니…… 어쨌든 백작은 이곳에 없는 것 같아. 우선 집으로 가세. 앞으로 온갖 위험한 일들이 우리 앞에 기다리고 있을 거야. 하지만 우리는 결코 포기하지 않고 끝까지 가야 하네."

집으로 돌아온 나는 발소리를 죽이며 살금살금 우리의 방으로 들어갔다. 미나는 조용히 잠들어 있었다. 그녀의 얼굴이 평소보다 더 창백해 보였다.

나는 미나를 이 일에서 뺀 것이 너무나 다행이라고 생각했다. 여자가 감당하기에는 너무나 힘든 일이었다. 그래, 이제부터 우리들이 하는 일은 미나에게는 비밀이다. 이야기를 듣는 것만으로도 그녀는 충격을 받을 것이다. 드디어 모든 일이 끝나고 이 세상 전부가 악마의 손아귀에서 벗어나게 될 때까지는 모든 것이 비밀이다.

미나 하커의 일기

10월 1일

어제 일에 대해 조녀선이 아무 이야기도 없는 게 이상하다. 물론 나를 위해 그러는 것인 줄 나는 잘 안다. 하지만 모든 것을 다 터놓고 이야기하던 조녀선이 뭔가 감추고 있다는 사실이 낯설게 여겨진다.

간밤에 내가 언제 잠이 들었는지 모르겠다. 그러다 갑자기 개들이 짖는 소리가 들려서 잠에서 깨어났다. 바로 우리 방 아래에 있는 렌필드의 방에서 들린 것 같았다. 그런 후 적막이 찾아왔다. 겁이 날 정도로 적막했다. 나는 일어나 창밖을 바라보았다. 아무것도 움직이는 것이 없었다. 마치 죽음이나 숙명처럼 모든 것이 정지해 있었다. 그 가운데 희끄무레한 안개가 가느다랗게 피어오르더니 잔디밭을 가로질러 천천히 집 쪽으로 다가오고 있었다. 마치 그 안개만이 살아 움직이는 것 같았다.

다시 침대로 돌아오니 잠기운이 서서히 밀려오는 것 같았다. 그런데 이상하게 잠은 오지 않았다. 나는 다시 자리에서 일어나 창가로 갔다. 안개가 넓게 퍼지기 시작하더니 건물 벽에 두껍게 깔렸다. 마치 창문을 향해 기어오르는 것 같았다. 가엾은 렌필드가 뭐라고 간절하게 호소하는 것 같은 소리가 들렸다. 그러고 나서 싸우는 소리가 들렸다. 아마 간호인이 그를 진정시키고 있는 모양이라고 생각했다.

나는 무서워서 침대로 돌아가 이불을 뒤집어썼다. 좀처럼 잠이 들 것 같지 않았다. 하지만 나도 모르게 잠이 들었던 모양이다. 아침에 조너선이 깨울 때까지 간밤에 꾸었던 꿈 외에는 아무것도 생각나지 않는 것으로 보아 잠이 들었던 게 분명하다.

내 꿈은 정말 이상했다. 깨어 있을 때의 생각이 꿈속에 연장되어 그대로 뒤섞였던 것이다. 어느 것이 생시이고 어느 것이 꿈인지 구별이 안 되는 꿈이었다.

나는 잠을 자면서 조녀선을 기다리고 있었다. 잠을 자면서 뭔가 불편했다. 공기가 무겁고 축축했으며 차가웠다. 나는 머리를 덮고 있던 이불을 걷어버렸다. 나는 주위가 온통 뿌연 것을 보고 깜짝 놀랐다. 방에 켜놓은 가스등은 작은 불꽃처럼 되어, 겨우 눈에 보일라 말라 했다. 두디운 인개가 빙 안으로 소금씩 스며들어 온 방에 가득 차 있었던 것이다. 안개가 점점 짙어지면서 방 안에 구름 기둥 같은 것이 만들어졌다. 그리고 그 구름 기둥 위에서 가스 불빛 같은 것이 붉은 눈처럼 빛나고 있었다.

그 붉은 눈 속에서 분명 불이 타오르고 있었다. 나는 한순간 그 불에 매혹되었다. 하지만 갑자기 공포가 엄습했다. 그리고 나는 의식을 잃었던 것 같다. 내가 마지막으로 보았던 것은 안개 속에서 나온 창백한 얼굴이 내 위에 몸을 구부리고 있는 모습이었다.

10월 2일, 밤 10시

지난 밤 나는 꿈을 꾸지 않고 푹 잤다. 하지만 잠을 잤는데도 개운하지가 않다. 오늘도 어제처럼 기운이 없다.

어제 오후에 렌필드 씨가 나를 만나고 싶어 했다. 불쌍한 사람. 그는 내게 아주 상냥했다. 헤어질 때는 내 손에 입을 맞춰주며 하느님의 은총을 빌어주었다.

밤에 잠을 자려고 해도 잠이 잘 오지 않아, 수어드 박사에게 지난 밤 잠을 잘 이루지 못했다며 수면제를 좀 달라고 했다. 그는 수면제 일 회분을 내게 주며, 아주 약한 거니까 해롭지 않을 것이라고 말했다. 잠이 온다……. 안녕…….

제20장

조너선 하커의 일기

10월 1일, 저녁

오늘 월워스로 가서 조셉 스몰렛 씨를 만났다. 그는 영리하고 선량한 사람이었다. 그는 그가 카팩스로 관들을 찾으러 갔을 때 일을 정확히 기억하고 있었다. 그는 여섯 개의 관을 치크샌드 스트리트 197번지 마일 엔드 뉴 타운으로, 다른 여섯 개는 버몬지의 저마이커 레인으로 배달했다고 말했다.

백작은 그 무서운 관을 런던 이곳저곳에 분산시키려 했던 것이 틀림없었다.

나는 그에게 또 다른 곳으로 옮겨진 상자들은 없느냐고 물었다. 그는 내게 샘 블록샘이라는 사람의 이름을 일러주고 그의 주소를 알려주었다.

나는 그를 다음 날 찾아가보기로 하고 일단 집으로 돌아왔다. 집으로 돌아오니 미나가 깊이 잠들어 있다. 조금 창백한 모습이다. 그녀의 눈을 보니 울었던 것 같다. 아마 이번 일에서 자신을 제외시킨 것이 슬퍼서 그랬을 것이다. 하지만 이게 최선이다. 이 일로 인해 미나의 여린 신경이 상처를 입는 것보다는 지금처럼 실망하고 걱정하는 것이 낫다.

10월 2일, 저녁

나는 샘 블록샘을 찾아가 만났다. 술꾼이라서 이곳저곳 술집을 수소문한 끝에 겨우 만났다. 나는 그를 돈으로 달래어 필요한 정보를 얻어냈다. 그는 카팩스에서 피커딜리에 있는 저택으로 아홉 개의 커다란 상자를 옮겼다고 했다. 그런데 나는 그에게서 아주 중요한 정보를 얻었다. 너무 무거워 자신은 낑낑대며 겨우 들 수 있는 상자였는데, 자신을 고용한 노인네가 직접 그 짐을 부리는 것을 도와주었다는 것이다.

그가 말했다.

"세상에! 그렇게 힘센 노인은 처음 봤습죠. 삐쩍 마른 노인네가 그것들을 대번에 들어 올리더라고요."

백작이 손수 관을 다룬다! 일이 촉박했음을 알리는 정보였다. 이제 어느 정도 배치를 완료하면 그자는 자신이 계획한 일을 본격적으로 실행할 것이다.

나는 샘 브룩샘과 헤어진 후 그가 일러준 피커딜리 저택으로 향했다. 그는 주소를 외우고 있지는 못했다. 하지만 정면에 커다란 돌 석상이 있고, 문으로 올라가는 큰 계단이 있었다고 그가 묘사한 집은 쉽게 찾을 수 있었다. 드라큘라가 마련한 소굴 중의 하나였다.

나는 마차에서 내려 무슨 정보라도 얻을까 하여 집 근처를 기웃거렸다. 다행히 나는 그 집이 최근 매물로 나왔던 집이며, 그 집 매매를 담당했던 부동산 중개 회사가 어딘지 알게 되었다. 길가에 서 있던 마차의 마부가 알려준 정보였다.

나는 즉시 '미첼 선즈 앤 캔디'라는 이름의 부동산 중개 회사를 찾아갔다.

사무실에서 나를 맞아준 직원은 내가 그 집을 산 사람에 대해 알고 싶어 하자 고객의 비밀이라며 딱 잡아뗐다. 나는 그에게 사정했다.

"이토록 고객의 신용을 지켜주시니, 고객들이 믿고 일을 맡길 수 있겠습니다. 하지만 제게는 특별한 사정이 있습니다. 저는 변호사입니다. 저는 고다밍 경을 위해 일하고 있습니다. 그분이 이 집에 대해 궁금해하시는 게 있어서 여쭤보는 것입니다. 그분은 최근에야 그 집이 매물로 나온 것을 아셨습니다."

혹시나 해서 아서의 이름을 판 것인데, 내기가 적중했다.

그 직원이 내게 말했다.

"하커 씨, 고다밍 경의 주소를 제게 알려주시고 가시지요. 전에 그분이 방을 빌리실 때 제가 도와드린 적이 있습니다. 필요한 정보를 곧 보내드리도록 하겠습니다."

나는 그에게 수어드 박사의 주소를 적어주고 사무실을 나왔다. 이미 밤이었다. 피곤했고 배가 고팠다. 나는 제과점에서 차와 빵으로 간단히 요기를 한 후 다음 열차 편으로 퍼플리트로 내려왔다.

집으로 돌아온 후 나는 미나를 잠자리에 들게 한 후, 사람들에게 그날 일을 들려주었다. 그러자 반 헬싱 선생이 말했다.

"조너선, 대단한 성과를 얻어왔어! 그 상자들을 찾아야 해! 그것들이 피커딜리의 저택에 있다면 우리 일이 결말에 접근하는 셈이야!"

수어드 박사의 일기

10월 1일

렌필드가 또다시 나를 혼란에 빠뜨린다. 그의 기분이 너무 수시로 바뀐다. 오늘 내가 그를 만나러 갔을 때 그는 마치 자신의 운명을 자신이 다스릴 수 있는 사람처럼 굴었다. 그는 내게 영혼 따위는 관심이 없다, 자신은 이 지상의 생명에만 관심이 있다는 등 횡설수설했다. 그런 후 그가 침묵에 빠지자 나는 그의 방을 나왔다.

얼마 후 내가 사무실에 올라와 있으니 그가 다시 나를 보기를 청했다. 그는 방 한가운데 의자를 갖다 놓고 앉아 있었다. 내가 들어서자 나를 기다리고 있었다는 듯 내게 물었다.

"영혼에 대해 어떻게 생각하시오?"

내가 되물었다.

"당신은 어떻게 생각하시오?"

그러자 그가 고함을 질렀다.

"그따위 영혼 얘기는 집어치우고 당신도 꺼져버려! 도대체 왜 영혼 따위를 들먹이며 나를 괴롭히는 거야! 영혼 말고도 충분히 걱정하고 골치 썩을 일이 많은데……."

그러더니 그는 곧 흥분을 가라앉히고 내게 사과했다.

"박사, 용서해주시오. 내가 잠시 정신이 나갔었소. 왜 이렇게 아무것도 아닌 일에 흥분을 하는지……. 하지만 내가 무슨 문제를 끌어안고 씨름하고 있는지 알게 된다면 나를 불쌍하게 여기게 될 거요. 나를 참아내고 용서해줄 거요."

나는 그를 그대로 내버려둔 채 떠나는 게 상책이라고 생각했다. 어쨌든 이 환자의 경우는 면밀하게 조사하고 정리할 필요가 있다. 그는 분명히 어느 날인가 더 높은 단계의 생명을 얻을 수 있으리라 기대하고 있다. 하지만 그러면서도 영혼을 무거운 짐인 양 두려워한다. 더 높은 단계의 삶이란 영혼의 삶 아닌가? 그런데도 그는 확신하는 척한다. 도대체 그런 확신은 어디서 오는 걸까?

오, 맙소사! 그건 백작이 그에게 왔기 때문이다. 그렇다면 도대체 또 다른 어떤 무서운 일이 우리를 기다리고 있는 것일까!

미첼 선즈 앤 캔디 회사에서 고다밍 경에게 보낸 편지

10월 1일

존경하는 고다밍 경에게,

피커딜리 347번지 저택 구매에 관한 정보를 경에게 알려드릴 수 있게 되어 영광입니다. 그 저택 매각인은 고(故) 아치필드 윈터 서필드 씨가 지정한 유언집행인들입니다. 매입자는 외국 귀족 드빌 백작으로, 구매 대행자 없이 본인이 직접 구매 서류를 작성했으며 대금을 치렀습니다. 매입자에 대해 저희는 그 이상 아는 것이 없습니다.

언제라도 귀하의 요구에 응할 것을 약속하며,
미첼 선즈 앤 캔디

수어드 박사의 일기

10월 2일

어젯밤 감시인에게 렌필드 방 곁을 떠나지 말고 주의를 기울이라고 말해두었다. 아침에 감시인이 해준 말로는, 그는 자정이 되자 흥분하더니 계속 큰 목소리로 기도를 했다고 한다.

하커는 자신이 발견한 단서를 계속 추적하기 위해 나갔고, 아서와 퀸시는 말을 구하러 갔다. 언제라도 말을 대기시켜 놓아야 유사시 신속하게 행동할 수 있다는 것이 아서의 의견이었다.

우리는 백작이 들여온 모든 흙들을 일출과 일몰 사이에 못쓰게 만들어야 한다. 그래야 백작이 은신처 없이 힘이 떨어졌을 때 해치울 수 있다.

반 헬싱 박사는 고대 의학에 관한 저술들을 뒤져보기 위해 대영 박물관에 갔다. 악마와 마녀 퇴치법을 연구하러 간 것이다.

이따금 우리가 모두 미쳐버린 것은 아닌지, 정작 정신병자 옷을 입어야 하는 건 우리가 아닌지 하는 생각이 든다.

얼마 후

간호인이 내 방으로 뛰어 들어왔다. 렌필드에게 사고가 일어났다는 것이다. 고함 소리가 들려 안으로 들어가 보니 피범벅이 된 채 얼굴을 바닥에 대고 엎드려 있었다는 것이다. 당장 가봐야겠다.

제21장

수어드 박사의 일기

10월 3일

렌필드의 방으로 들어갔을 때, 그는 모로 쓰러져 있었고 주변에 핏물이 흥건히 고여 있었다. 누군가 그를 바닥에 사납게 내리친 게 분명했다.

간호인이 내게 말했다.

"제 생각에는 등뼈가 부러진 것 같습니다."

"자네는 어서 가서 반 헬싱 박사님을 불러와!"

간호인이 달려 나간 지 얼마 되지 않아 선생이 실내복에 슬리퍼 차림으로 나타났다. 그는 바닥에 쓰러져 있는 렌필드를 바라보더니 내 귀에 대고 속삭였다.

"간호인을 내보내게. 이 사람이 정신을 차렸을 때 우리 둘만 있어야 하네."

나는 간호인에게 다른 환자들을 돌보라며 렌필드의 방에서 내보냈다.

그가 나간 후 환자를 면밀히 살펴보니 얼굴의 부상은 심하지 않았다. 정작 심각한 것은 두개골 함몰이었다. 잠시 생각에 잠겨 있던 선생이 내게 말했다.

"당장 수술을 해야겠어. 사태가 심각해."

그가 그 말을 하자마자 가볍게 문 두드리는 소리가 났다. 아서와 퀸시였다. 렌필드에게 사고가 났다는 말을 간호인에게 듣고 오는 길이라고 했다. 나는 그들에게 간단히 사태를 설명해준 후 자세한 것은 환자 응급조치를 끝낸 후 그의 정신이 돌아와야 알 수 있을 것이라고 말했다.

선생은 곧 수술을 시작했다. 부상자는 씩씩거리는 숨소리를 내다가 가슴이 터지지나 않을까 싶을 정도로 숨을 깊이 들이마셨다.

이윽고 그가 정신을 차리자 반 헬싱 선생이 그에게 말했다.

"자, 우리에게 당신의 꿈 이야기를 해주시오, 렌필드."

반 헬싱 선생의 얼굴을 알아보자 그의 눈빛이 반가움으로 빛났다. 내가 그에게 브랜디로 입을 축여주자 그가 입을 열었다.

"그건 꿈이 아닙니다, 박사님. 분명한 현실입니다. 아아, 무서운 현실입니다."

그러더니 그는 내게로 고개를 돌리며 말했다.

"내가 풀어달라고 했지만 박사님이 그냥 나갔던 날 있지요? 그날 저녁의 일이었습니다. 박사님이 떠난 후 집 뒤에서 개 짖는 소리가 들렸습니다. 그때 전에도 여러 번 그랬듯이 안개에 휩싸여 그가 나타났습니다. 그는 시뻘건 입을 벌리고 웃었습니다. 그가 개들이 짖고 있는 숲속을 돌아볼 때 날카롭고 하얀 이빨이 달빛에 번득였습니다.

그가 내게 창문 가까이 오라고 손짓을 했고 나는 그렇게 했습니다. 그러자 그가 말없이 뭔가 부르는 듯한 손짓을 했습니다. 그러자 시커먼 덩어리가 마치 불길처럼 잔디를 덮었습니다. 그가 손길로 안개를 좌우로 걷자 그것이 무엇인지 알 수 있었습니다. 그것은 두 눈이 그의 눈처럼 새빨간 수천 마리의 쥐 떼들이었습니다. 그는 마치 내게 이렇게 말하는 것 같았습니다. '나를 숭배하라. 이 모든 생명을 네게 주겠다. 그 이상의 것들을 네가 살아 있는 동안 주겠다.'

제21장

211

나는 내가 무슨 일을 하는지도 모르는 채 유리창을 열고 그에게 말하고 있었습니다. '들어오십시오, 주인님.' 그러자 쥐들은 모두 사라졌고 그는 방 안으로 미끄러져 들어왔습니다."

그의 목소리에 힘이 없어지자 나는 다시 브랜디로 목을 축여 주었다. 그러자 그가 말을 계속했다.

"하루 종일 그는 내게 아무것도 갖다준 것이 없었습니다. 심지어 파리 한 마리도! 나는 그에게 화가 나 있었습니다."

그의 기억이 과거로 되돌아간 것 같았다. 내가 방금 전의 이야기를 일깨워주려 하자 반 헬싱 선생이 내 귀에 대고 속삭였다.

"쉿, 가만 내버려두게. 그렇지 않으면 아예 이야기를 끊어버릴지도 몰라."

그가 이야기를 계속했다.

"창이 닫혀 있는데도 그가 미끄러져 들어오는 것을 보자 나는 정말 화가 났습니다. 그는 마치 내 방이 자기 방이라도 되는 양 나는 안중에도 두지 않고 돌아다녔습니다. 하커 부인이 오후에 나를 보러 왔을 때, 그녀는 전과 달랐습니다. 나는 창백한 사람들을 좋아하지 않습니다."

그의 입에서 뜻밖에 미나 하커 부인의 이름이 나오자 반 헬싱 박사는 흠칫 놀라며 몸을 떨었다.

"그녀의 안색은 마치 피가 다 빠져 나간 것 같았습니다. 그가 그녀의 생명을 빨아먹었다고 생각하니 미칠 것 같았습니다. 나는 다시 안개가 오기를 벼르고 있었습니다. 나는 오늘 그자가 이 방으로 들어오자 그자를 있는 힘껏 움켜쥐었습니다. 더 이상 그자가 그녀의 생명을 취하지 못하게 그를 막을 생각이었습니다. 하지만 그자는 내 손아귀에서 빠져나가더니 나를 바닥에 내동댕이쳤습니다. 그리고 안개가 방문 밑으로 슬며시 빠져 나갔습니다."

앞뒤가 헷갈리는 종잡을 수 없는 이야기였지만 핵심은 명확했다. 그자가 지금 분명히 이곳에 있으며 미나 하커를 노리고 있다!

박사의 지시로 우리는 모두 각자의 무기를 가지고 하커의 방문 앞에 모였다. 방문 손잡이를 돌렸지만 문은 잠겨 있었다. 우리는 함께 문을 향해 몸을 던졌고 요란한 소리를 내며 문이 벌컥 열렸다.

나는 내 눈앞에 벌어진 광경을 믿을 수가 없었다.

창문가 침대에 조너선 하커가 누워 있었다. 얼굴이 벌겋게 달아올라 있었고 마치 혼수상태에 빠져 있는 것 같았다. 하얀 옷을 입은 그의 부인이 침대가에 무릎을 꿇고 앉아 있었다.

그러나 더 무서운 것은! 바로 그녀 옆에 검은 옷을 입은 키 크고 호리호리한 사내가 서 있었던 것이다! 우리 모두는 첫눈에도 그가 드라큘라 백작임을 알아볼 수 있었다. 그는 왼손으로 하커 부인의 양손을 잡아끌면서 오른손으로는 그녀의 목덜미를 움켜쥐고 얼굴을 자기 가슴에 찍어 누르고 있었다. 그녀의 하얀 잠옷에는 피가 얼룩져 있었고, 찢어진 사내의 옷 사이로 드러난 가슴에는 핏줄기가 흘러내리고 있었다.

우리를 본 그는 희생자를 내동댕이치고 우리들에게 달려들었다. 그러자 반 헬싱 선생이 그를 향해 성체의 빵이 든 봉지를 내밀었다. 그러자 그는 한 발자국씩 뒤로 물러났다. 전에 십자가 앞에서 루시가 그랬던 것과 똑같았다. 우리는 모두 십자가를 들고 그에게 한 발자국, 한 발자국 다가갔다. 그러자 갑자기 검은 구름이 달빛을 가렸다. 퀸시가 성냥불을 켰을 때, 그는 없어지고 희미한 증기만이 눈에 들어왔으며, 그 증기는 곧 문틈을 통해 빠져나갔다.

우리들은 하커 부인에게로 다가갔다. 그녀는 맥없이 흐트러진 모습으로 누워 있었다. 그녀의 목에서는 가느다란 핏줄기가 흘러내리고 있었고, 눈은 공포로 뒤집혀 있었다.

정신을 차린 그녀는 가녀린 손으로 얼굴을 가리고 흐느끼기 시작했다. 반 헬싱 선생이 그녀에게 이불을 덮어주었다. 가만히 그녀의 얼굴을 바라보던 아서는 그만 방에서 뛰쳐나가고 말았다. 선생이 내 귀에 대고 가만히 속삭였다.

"조너선은 그 흡혈귀가 마비 상태에 빠뜨린 거라네. 그를 깨워야 해."

그는 수건 끝을 물에 적시더니 하커의 뺨을 여러 번 때렸다. 정신이 돌아온 그는 잠시 멍한 표정을 짓더니, 곧이어 정신이 번쩍 들어온 듯 벌떡 일어섰다. 그의 급격한 움직임에 정신을 차린 미나 하커가 그를 껴안으려는 듯 두 팔을 벌렸다가 이내 거두어 들였다. 그러고는 두 손으로 얼굴을 가리고 온몸을 심하게 떨었다.

하커가 소리쳤다.

"오, 맙소사! 도대체 무슨 일이! 오, 이 피는? 반 헬싱 박사님! 박사님께서 미나를 사랑하신다는 것을 저는 잘 압니다. 박사님, 제발 미나를 구해주십시오! 아직 늦지 않았습니다! 제발 아내를 지켜주십시오."

그날 밤 미나가 얼마나 절망했는지 도저히 그대로 기록할 수가 없다. 하지만 그녀는 정말 침착했다. 그녀는 그동안 벌어진 일을 우리들에게 찬찬히 이야기해주었다. 특히 드라큘라가 그녀에게 해주었던 이야기는 여기에 그대로 남긴다.

"조용히 해. 만일 소리를 질렀다가는 네 남편 놈의 머리를 박살낼 테니. 네 피가 내 갈증을 달래준 게 이번이 처음이 아니야. 그런데 너는 나를 망치려는 놈들을 도와주려 했어! 그놈들이 가장 사랑하는 너, 너는 앞으로 내 가장 가까운 동반자, 협력자가 될 거야. 나는 그놈들과는 비교도 할 수 없을 정도로 너를 아끼거든. 하지만 너는 네가 지은 죄 때문에 벌을 받아야 한다. 나를 훼방 놓는 일에 손을 빌려주었으니, 이제는 내가 부를 때마다 내 부름에 응해야 한다. 내 머리가 네게 '와라!'라고 명령하면 너는 내 명령에 따라 땅이든 바다든 건너와야 한다."

하커 부인의 이야기가 끝나자 우리는 무슨 수를 쓰더라도 그녀를 보호해주리라고 굳게 다짐했다. 놈의 악행은 우리의 의지를 약하게 만들기는커녕, 결코 저 떠오르는 태양 아래, 그의 악행으로 불행에 빠지는 사람은 없게 만들겠다는 강렬한 의지로 불타오르게 했다.

제22장

조녀선 하커의 일기

10월 3일

나는 분명 느낀다. 그 무언가라도 하지 않으면 미쳐버리리라는 것을. 그래서 나는 지금 일기를 쓴다.

렌필드는 죽었다. 순결한 영혼과 악마 사이에서 방황하다가, 결국 악마의 손에 죽었다. 그는 악마의 유혹에 시달리면서도 순결한 영혼을 지키려다 죽었다. 그 악마가 순결한 미나를 더럽혔다. 이제 결정적인 때가 왔다. 이제 우리는 어떻게 해야 하는가? 그렇다. 단 한 가지뿐이다. 우리는 행동해야 한다.

우리가 제일 먼저 결정한 일은 이제부터 미나에게 모든 일을 알려주고 이 일을 그녀와 함께 한다는 것이었다. 어쩌면 그녀를 안전하게 보호하기 위해 공동 행동에서 제외한 것이 가장 나쁜 결정이었는지도 모른다. 나는 그녀에게 앞으로 벌어질 일들을 모두 꼼꼼히 기록해야 한다고 말했다. 그녀는 이 상황에서 할 일이 생긴 것을 기뻐했다. 언제나 그렇듯이 우리들의 상황을 명료하게 정리한 것은 역시 반 헬싱 교수였다.

그가 말했다.

"우리는 서둘러 행동해야 하네. 하지만 우리가 원하는 결과를 얻으려면 서두르면 안 되네. 아무리 생각해도 모든 것의 열쇠는 피커딜리에 있는 그 집에 있네. 백작은 아마 다른 집도 여러 채 샀을 거네. 그러면 그 집들의 구매 증서, 열쇠, 기타 서류, 수표첩 들을 가지고 있겠지. 그런데 아무리 생각해도 그런 것들을 놓아두기에 피커딜리 저택만한 곳이 있을 리 없지. 런던 한복판에 있으면서도 조용한 데다 사람들 왕래가 많을 때도 남들 눈에 띄지 않고 드나들 수 있지 않은가? 자, 우선 그 집을 수색하세. 그 집에 감추어져 있는 것을 찾게 되면, 우리는 그 교활한 여우의 굴속까지 추적할 수 있게 될 걸세."

우리는 그 집에 어떻게 드나들 것이냐, 일의 순서는 어떻게 할 것이냐 등의 문제를 놓고 이야기를 나누었다. 반 헬싱 박사는 아예 사람들이 많이 오가는 시각에 열쇠로 문을 열고 당당하게 들어가는 게 사람들 의심을 사지 않는 방법이라고 말했고 우리 모두 그의 말에 동의했다. 또한 피커딜리로 출발하기에 앞서 우리들 가까이 있는 그의 소굴을 못 쓰게 만들어 놓기로 의견을 모았다.

아침 식사가 끝나자 반 헬싱 교수가 자리에서 일어나 말했다.

"사, 친구늘! 결정적인 순간이 왔네! 모두 우리가 처음에 적의 소굴을 찾아갔을 때처럼, 물리적으로, 또 영적으로 준비가 되었는지 점검해보세."

우리 모두 준비되었다는 뜻으로 고개를 끄덕이자 그가 미나에게 말했다.

"부인, 부인은 해가 질 때까지는 안전할 것입니다. 우리는 해가 지기 전에 돌아옵니다. 만일……. 아닙니다! 우리는 돌아옵니다. 하지만 부인 역시, 그가 다시 당신을 해치려 할 때에 대비해서 적을 물리칠 수 있어야 합니다. 부인의 방에는 그자가 찾아올 수 없게 조치를 취해놓았습니다. 자, 이제 부인 자신의 몸에 무장을 해야겠습니다. 성부와 성자와 성령의 이름으로 이 성체의 빵을 부인의 이마에……."

그때였다. 그가 미나의 이마에 성체의 빵을 올려놓는 순간 미나의 입에서 끔찍한 비명이 터져 나왔다. 성체의 빵이 마치 불로 달군 하얀 쇳덩어리라도 되는 것처럼 미나의 이마를 태워버린 것이다.

나의 불쌍한 미나는 그것이 무엇을 의미하는지 순식간에 깨닫고 고통에 빠졌다. 그녀는 자신에게 내려진 저주가 어떤 것인지 알고 그 한없는 절망 속에서 소리를 내지른 것이다.

"아아, 더러워! 나는 더러워! 전능하신 하느님께서도 저주 받은 내 몸을 피하고 계신 거야! 나는 최후의 심판 때까지 이 더러운 표지를 이마에 붙이고 다녀야 해!"

우리 모두 어쩔 줄 모르고 그녀를 바라보았다. 나는 절망에 빠져 그녀에게 달려들어 그녀를 꼭 껴안았다. 그러자 반 헬싱이 우리 곁으로 오더니 엄숙하게 말했다. 그 목소리가 하도 경건해서 마치 그 무언가로부터 영감을 받은 것 같았다.

"오, 우리 모두가 사랑하는 부인! 그 징표는 최후의 심판 날까지 부인의 이마에 남아 있을지도 모릅니다. 하지만 부인, 그 징표는 부인에게 무슨 일이 일어났는지 하느님께서도 아시고 계신다는 표지이기도 합니다. 우리는 부인의 이마에서 그 표지가 사라지는 날까지 부인 곁에 있을 것입니다. 부인의 이마가 부인의 마음처럼 순수해지는 그날까지 부인 곁을 떠나지 않을 것입니다. 하느님께서는, 하느님이 우리에게 지워주신 무거운 짐으로부터 우리를 해방시켜주실 때가 되었다고 여기실 때 그 표지를 지워주실 것입니다. 그분의 아드님이 그분의 뜻에 따라 십자가를 지셨듯이 우리도 십자가를 져야 합니다. 우리는, 특히 부인은, 하느님으로부터 선택을 받은 것입니다."

그의 말은 우리가 지금 받고 있는 고난을 감수할 수 있게 해주었다. 아니, 감수 이상이었다. 우리에게 희망이 주어진 것이다! 우리는 동시에 그 노인의 손을 한 쪽씩 잡고 입을 맞추었다. 나머지 사람들도 우리 앞에 놓인 어려운 과업 앞에서 힘과 용기를 달라고 하느님께 기도했다.

우리는 별 어려움 없이 카팩스의 저택으로 들어갔다. 우리가 처음 방문하고 떠났을 때와 변한 것이 하나도 없었다. 누가 들어왔던 흔적도 전혀 없었고 낡은 예배당 안의 관들도 그대로 있었다.

반 헬싱이 우리에게 말했다.

"자, 우리가 여기서 해야 할 일이 있네. 이 흙들은 사악한 용도에 쓰려고 그자가 가져온 흙이네. 그런데 역설적이게도 이 흙에는 성스러운 기억이 담겨 있다네. 놈은 신성한 것을 사악한 일에 사용하는 자라네. 우리는 이 흙을 더욱더 신성하게 함으로써 그자의 힘이 미치지 못하게 해야 하네. 그자의 무기로 그자를 제압하는 거지. 그자가 사악한 짓을 위해 바친 이 흙을 하느님께 바치도록 하세."

그는 관의 나사를 풀어 뚜껑을 연 다음 그 안에 성체의 빵을 넣었다. 우리 모두 묵묵히 그를 도왔다. 이윽고 그곳에 있던 모든 관들을 다 처리한 후 우리는 밖으로 나왔다.

우리는 모두 기차를 타기 위해 정거장으로 갔다.

피커딜리, 낮 12시 30분

우리가 펜처치가에 이르자 고다밍 경이 말했다.

"퀸시와 내가 가서 열쇠공을 불러오겠네. 내 신분 정도면 별 의심을 받지 않고 그를 설득할 수 있을 거야. 교수님과 자네는 여기서 기다리게."

얼마 후 그가 열쇠공을 데려왔다. 열쇠공은 무거운 열쇠 꾸러미를 지니고 있었다. 그는 그 열쇠들 중에 맞는 열쇠를 곧 찾아냈고, 우리는 쉽게 문을 열 수 있었다. 한낮에 당당하게 작업을 했기에 지나는 행인이나 경찰도 아무런 의심을 하지 않았다. 역시 반 헬싱 교수의 판단이 정확했다.

안으로 들어가자 역시 고약한 냄새가 났다. 우리는 불의의 공격에 대비하여, 흩어지지 않고 함께 그곳을 하나하나 조사했다. 식당에서 우리는 여덟 개의 관을 발견했다. 아홉 개를 찾고 있었는데 하나가 부족했다.

우리는 단 한순간도 시체하시 않고 카팩스의 저택에서 했던 일을 그대로 수행했다. 그리고 집 안을 다시 샅샅이 뒤졌다. 하지만 관은 나오지 않았다. 우리는 백작의 소지품은 모두 식당에 있으리라고 생각하고 다시 식당으로 돌아와 그곳을 면밀히 뒤졌다.

우리는 그곳에서 피커딜리 저택의 등기권리증, 마일 엔드와 버몬지에 있는 집들의 구매 증서들을 찾을 수 있었다. 마지막으로 우리는 다른 곳의 집들을 여는 데 쓰이는 것으로 보이는 열쇠 뭉치도 찾아냈다.

조사가 끝나자 고다밍 경과 퀸시는 마일 엔드와 버몬지에 있는 집 주소들을 정확히 적은 다음, 열쇠 뭉치를 들고 떠났다. 그곳에 있는 관들을 못 쓰게 만들기 위해서였다.

나머지 우리들 셋은, 그들이 돌아오기를……. 아니, 차라리 백작이 나타나기를 초조하게 기다렸다.

제22장

223

제23장

수어드 박사의 일기

10월 3일

고다밍 경과 퀸시가 돌아오기를 기다리는 시간은 끔찍이도 길게 느껴졌다.

그사이 반 헬싱 교수는 드라큘라 백작에 대해 그가 알고 있는 사실을 우리들에게 말해주었다.

"나는 온 힘을 다해 이 괴물에 대한 자료들을 입수했고 연구에 연구를 거듭했다네. 부다페스트에 있는 내 친구에 의하면 그자는 생존했을 당시 아주 뛰어난 인물이었다네. 훌륭한 기사였으며 정치가였고, 연금술에도 능한 학자였다네. 그자는 죽은 뒤에도 그 지력(知力)을 어느 정도 지니고 있었고, 더욱 무서운 것은 그 지력이 점점 향상되어 갔다는 거지. 그 지력의 힘으로 이 세상에 존재하는 모든 것들을 빛이 아니라 어둠으로, 삶이 아니라 죽음으로 이끄는 것이 그의 궁극적 목표라네. 그는 지금은 밤에만 활동할 수 있지. 하지만 이 세상에서 빛을 없애버린다면 아무 때고 다 활동할 수 있게 되지 않겠나? 결국 이 세상을 사신의 손아귀에 넣자는 게 그의 목표라네. 그래서 그자를 완전히 없애야만 하는 거라네."

그는 잠시 숨을 고른 후 다시 말했다.

"그는 자신이 어느 정도 힘을 얻었는지 실험을 통해 확인하기도 했네. 자네의 병원으로 들어가기 위해 동물 탐식증 환자인 렌필드를 이용하기도 했어. 렌필드가 일단 한 번 그자를 맞아들이면 마음대로 병원을 드나들 수 있을 테니까.

또한 그자는 수십 개의 관들을 가져와 이곳저곳에 흩어놓았네. 그자는 아마 아무도 찾을 수 없는 곳 깊은 땅속에 그 관들을 묻으려 했을 거야. 그러면 자기 몸을 숨길 수 있는 본거지가 여러 곳에 생기는 것 아닌가?

하지만 다행히, 단 하나의 관만 빼놓고, 우리가 모두 못쓰게 만들었지. 오늘 해가 지기 전에 그 남은 하나도 우리가 못쓰게 만들 수 있을 거야. 그렇게 되면 그자는 움직일 수도 없고 숨을 곳도 없게 되는 셈이야. 이제 우리가 그를 겁낼 이유는 하나도 없어. 우리는 모두 다섯 명이나 되지 않나?"

선생이 이야기를 마쳤을 때 현관문을 두드리는 소리가 들렸다. 우편배달부였다. 그는 문을 열어준 박사에게 전보를 하나 건네주었다. 미나에게서 온 전보였다.

> D를 조심하세요. 그자는 12시 45분에 카팩스에서 나와
> 서둘러 남쪽으로 향했습니다. 어디로 갈지 정확히는 모
> 르겠지만 아마, 여러분들이 계신 곳으로 갈 것 같습니다.
> ― 미나

그때 다시 노크소리가 났다. 아서와 퀸시였다. 집 안으로 들어온 아서가 말했다.

"다 잘되었습니다. 두 곳에 각각 여섯 개의 관이 있었습니다. 우리가 모두 못쓰게 만들었습니다."

퀸시 모리스가 말을 이었다.

"이제 이곳에서 기다리는 일만 남았습니다. 하지만 오후 5시가 되어도 그자가 오지 않는다면 떠나야 합니다. 해가 진 다음

에 하커 부인을 홀로 둘 수 없습니다."

그러자 반 헬싱 교수가 말했다.

"그자는 곧 올 거네. 나를 믿게. 조금만 기다리면 돼. 자, 모두 무기를 들고 준비하게."

그가 그 말을 마치자마자, 현관 자물쇠에 열쇠를 꽂는 소리가 들렸다. 반 헬싱 선생과 하커, 그리고 나는 바로 문 뒤에 있었다. 문이 열리면 선생이 바로 문을 막아서고 나와 하커가 다른 퇴로들을 차단하기로 한 것이다. 고다밍과 퀸시는 언제고 창문 앞으로 달려갈 준비 태세를 한 채 몸을 숨기고 있었다.

우리는 흘러가는 1초, 1초가 마치 기나긴 악몽 같은 긴장 상태에서 기다리고 있었다. 느리고 조심스러운 발자국 소리가 복도에서 들려왔다. 분명히 어떤 기습 공격에 대비하고 있는 발자국 소리였다.

갑자기 그가 방으로 들어섰다. 그리고 우리들 중 그 누군가 행동을 취하기도 전에 그는 우리를 지나쳐버렸다. 마치 고양잇과 동물의 도약처럼 비인간적인 몸짓이었다.

제일 먼저 행동에 나선 것은 하커였다. 그는 재빨리 몸을 던져 집 앞쪽 방으로 통하는 문을 막아섰다. 우리를 보자 백작은 흉측한 미소를 지었고, 그 때문에 길고 뾰족한 송곳니가 드러났다.

우리가 함께 그에게로 다가가자 그의 표정이 바뀌었다. 사악한 미소는 싸늘한 냉소로 바뀐 채 그는 우리를 노려보았다. 순간 하커가 날이 넓은 단검을 뽑아들고 그를 사정없이 내리쳤다. 그러나 하커의 칼끝은 그의 몸에 닿지 않았다. 백작이 민첩하게 몸을 피했고, 칼은 그의 웃옷 앞자락을 찢어놓았을 뿐이었다. 그 바람에 그가 지니고 있던 지폐 다발과 금화들이 바닥에 흩어졌다.

그때 백작의 얼굴에 떠오른 증오와 분노의 표정을 어떻게 표현할 수 있을까? 나는 혹시 백작이 하커를 해칠까 두려워 십자가와 성체의 빵을 들고 그에게 다가갔다. 하커도 다시 일격을 내리치려는 준비를 했다.

순간 백작은 다이빙을 하듯 하커의 팔 밑으로 뛰어들었다. 나는 그가 하커를 공격하려는 줄 알았다. 하지만 그는 바닥에 흩어진 지폐와 금화들을 움켜쥐더니 방을 가로질러 창문으로 달려들었다. 곧이어 유리창이 요란한 소리를 내며 깨지더니 그는 아래 자갈밭으로 뛰어내렸다. 우리가 창문을 향해 달려가니, 그가 마구간 문을 여는 것이 보였다. 그는 몸을 돌려 우리들을 보고 말했다.

"너희들, 나를 막을 수 있다고 생각하겠지? 도살장에 늘어서 있는 양들처럼 창백한 낯짝들을 하고서! 너희들 모두 후회하게 되리라! 너희들이 사랑하던 여자들은 이미 내 것이 되었다. 너희들은 그 여자들을 통해 내 것이 되리라!"

그는 경멸스럽다는 듯 씩 웃더니 마구간으로 들어갔고 이어서 마구간 안쪽 문이 열렸다 닫히는 소리가 들렸다.

이제 그를 쫓아가기는 틀렸다. 반 헬싱 박사가 우리들에게 말했다.

"저자가 큰소리를 치고 있지만 우리를 두려워하고 있음을 분명히 알게 되었네. 최소한 우리 때문에 시간이 부족해질까봐 두려워하고 있는 거야. 그렇지 않다면 왜 그렇게 서둘러 도망갔겠나? 자, 이제 우리가 여기서 할 일은 끝났네. 이제 하커 부인에게로 돌아가세. 이제 남아 있는 관은 하나뿐이니까, 우린 나중에 반드시 그걸 찾아내야 하네. 돈을 왜 가져갔는지, 그게 좀 궁금하긴 하네."

반 헬싱 박사가 우리에게 용기를 북돋아주었지만 그자를 눈앞에서 놓쳤기에 우리는 모두 침울했다.

우리가 돌아가자 하커 부인이 밝은 얼굴로 우리를 맞아주었다. 우리는 그녀에게 오늘 겪은 일을 모두 이야기해주었다. 남편이 위험에 처할 수도 있었다는 것을 알고 그녀는 얼굴이 하얗게 질리기도 했지만 침착하게 우리의 이야기에 귀를 기울였다.

그녀는 우리와 달랐다. 우리들은 증오에 불타고 있었지만 그녀는 여전히 다정함을 잃지 않고 있었으며, 사랑이 넘치고 있었다. 이마에 붉은 흉터를 지닌 그녀가! 우리 모두는 그녀가— 최소한 그 흉터를 지니고 있는 한—하느님으로부터 버림받았을지도 모른다는 두려움과 의심을 품고 있었지만 그녀는 조금도 믿음을 잃지 않았다. 아아, 그녀의 그 사랑과 믿음 앞에서 내가 무슨 말을 할 수 있단 말인가!

그녀가 우리에게 말했다.

"저는 여러분과 함께 싸우겠다고 했어요. 진짜 루시가 영생을 얻을 수 있게 하려면 가짜 루시를 파멸시켜야 했다는 것을 저도 잘 알아요. 하지만 이 일은 증오심을 품고 해야 할 일이 아니에요. 이 온갖 비참한 일을 저지른 그도 불쌍하고 가련한 존재예요. 그에게도 좋은 영혼이 있을 거예요. 그에게서 나쁜 부분이 사라졌을 때 그가 얼마나 기뻐할지를 생각해보세요. 아아, 어느 날엔가는…… 내가…… 바로 내가 여러분들께 그런 동정을 바라게 될지 몰라요. 여러분들이 저를 증오하게 되는 그날이 되면……."

그녀의 말을 들으며 우리들은 모두 눈물을 흘리고 있었다. 조너선은 아내 곁에 무릎을 꿇고 앉아 그녀를 부둥켜안고 그녀의 가슴에 얼굴을 묻었다.

우리는 번갈아 그 흡혈귀로부터 부인을 보호해주기 위해 불침번을 서기로 했다. 퀸시가 제일 먼저 불침번을 서기로 했으며 다음 순서는 고다밍 경이었다. 퀸시를 제외하고 우리는 모두 잠자리에 들었다.

조너선 하커의 일기

10월 3일에서 4일, 자정 무렵

어제 헤어지기 전에 우리는 우리가 다음에 해야 할 일에 대해 이야기를 나누었다. 하지만 아무런 결론도 맺지 못했다. 우리가 아는 것이라고는 백작에게 단 하나의 관이 남았다는 것, 그가 그 관을 은신처로 사용하리라는 것, 그 관이 있는 곳은 백작만이 안다는 것뿐이었다. 그가 숨어 있기로 마음먹는다면, 아무리 세월이 흘러도 우리의 시도는 성공할 수 없을 것이고, 만일 그렇다면……. 아아, 너무나 끔찍한 일이라서 생각조차 하기 싫다. 아아, 내 사랑하는 미나는…… 이 상황에서도 동정심을 잃지 않는 그녀, 괴물을 향한 내 증오심을 스스로 반성하게 만든 그녀, 이 세상 그 누구보다 완벽한 그녀…….

어쨌든 그 괴물을 없애야만 한다.

10월 4일, 아침

밤중에 미나가 나를 깨웠다. 희뿌연 새벽빛에 네모난 창문의 틀이 어렴풋이 그 모습을 드러내고 있었다.

"가서 반 헬싱 박사님을 불러오세요. 중요한 생각이 하나 떠올랐어요."

잠시 후 내가 박사를 불러오자 미나가 말했다.

"박사님, 제게 최면을 걸어주세요. 해가 떠오르기 전에요. 그러면 제가 자유롭게 말을 할 수 있을 것 같아요. 어서요. 시간이 얼마 남지 않았어요."

그러자 박사는 아내를 바라보면서 최면을 걸기 시작했다. 그는 양손을 번갈아 아내 머리 위 아래로 올렸다 내렸다 반복했다. 차츰차츰 그녀의 눈이 감기더니 가슴만 들썩거릴 뿐 그녀는 꼼짝도 하지 않았다. 박사가 손을 멈추었다. 그의 이마에 굵은 땀방울이 맺혀 있었다.

미나가 눈을 떴다. 하지만 전혀 딴 사람 같았다. 눈은 먼 곳을 보고 있었으며 그녀의 꿈꾸는 듯 슬픈 목소리는 낯설기만 했다. 박사가 다른 사람들을 불러오라고 내게 손짓했고 나는 밖으로 나가 모두 불러왔다. 그들은 모두 침대가에 앉아 미나를 바라보았다. 그녀의 눈에는 우리들이 보이지 않는 것 같았다.

반 헬싱 박사가 침묵을 깨뜨렸다.

"당신, 지금 어디에 있나요?"

그녀가 감정이 담기지 않은 목소리로 대답했다.

"모르겠어요. 모든 게 낯설어요."

"어떤 게 보이나요?"

"아무것도 보이지 않아요. 너무 어두워요."

"무슨 소리가 들리나요?"

"물이 철썩이는 소리요. 아주 가까이서 들려요."

"그렇다면 지금 배 안에 있습니까?"

우리는 서로를 쳐다보았다. 모두들 불안한 눈빛이었다.

"네, 맞아요."

"다른 소리가 들리는 건 없나요?"

"사람들이 내 머리 위로 쿵쿵거리며 분주히 오가는 소리가 들려요. 쇠사슬이 삐걱거리는 소리가 들리고, 뭔가 덜컹거리는 소리가 들려요."

제23장

233

"당신은 무얼 하고 있습니까?"

"그냥 조용히 있어요. 마치 죽은 것처럼."

해가 완전히 떠올라 방 안을 환히 비추고 있었다. 박사가 그녀의 어깨를 잡고 머리를 가만히 베개 위에 올려놓자, 그녀는 숨을 깊이 내쉬며 눈을 감았다.

얼마 후 그녀가 눈을 뜨고 우리들을 바라보았다.

"제가 자면서 무슨 말을 했나요?"

그녀가 한 말을 박사가 되풀이해주자 그녀가 외쳤다.

"그렇다면 이렇게 꾸물거릴 시간이 없어요. 너무 늦지는 않았을 거예요!"

박사가 말했다.

"맞아요. 백작은 자신이 누워 있는 관을 배에 싣고 있는 거야! 이 나라를 떠나려 하고 있는 거야. 우리에게서 도망가려는 거지. 돈을 움켜쥔 것도 그 때문이야. 우리는 그를 끝까지 뒤쫓아야 해."

그러자 미나가 말했다.

"박사님, 그가 우리에게서 떠나려 하는데 왜 뒤쫓아야 하는 거지요?"

그는 미나의 손을 잡고 비장하게 말했다.

"그건, 그자가 몇 세기 동안을 살 수 있는 불사귀이기 때문입니다. 반면에 부인은 죽을 수밖에 없는 인간입니다. 백작이 부인의 목에 흔적을 남겨 놓은 이상, 시간은 우리의 적입니다."

제23장

제24장

반 헬싱 교수가 조너선 하커에게 전하는 말
- 수어드 박사의 축음기에 녹음된 말

우리는 수색을 떠나네. 자네는 집에 남아 부인을 돌보도록 하게. 그녀 곁을 절대 떠나지 말아야 하네. 오늘은 아무리 해도 적을 찾아낼 수 없을 걸세.

그자는 떠나버렸네. 트란실바니아에 있는 자신의 성을 향해 출발했다는 말일세. 그자는 미리 철저히 준비했네. 그러려고 돈도 가져갔던 거라네. 마지막 관이 어느 항구에선가 배에 실려지고 있을 걸세. 우리는 지금 그게 어떤 배고, 어디로 향하는지 알아보려고 하네. 그걸 알게 되면 곧바로 자네 부부 곁으로 가겠네. 용기를 잃지 말게!

반 헬싱

미나 하커의 일기

10월 5일, 오후 5시 - 여섯 명이 모두 모였음.

반 헬싱 박사가 드라큘라 백작이 실려 있는 배와 그 배의 항로를 알아보기 위해 어떤 행동을 취했는지 설명했다.

"그자가 트란실바니아로 돌아가려 한다는 것을 알았을 때 나는 그자가 틀림없이 흑해를 통과할 것이라고 짐작했습니다. 올 때도 그 경로로 왔으니까요. 우리는 고다밍 경의 조언을 따라 로이드사를 찾아갔습니다. 아무리 사소한 배라도 출항 기록을 모두 해놓는 곳이지요. 거기서 우리는 밀물 때 흑해로 떠나는 배가 딱 한 척 있다는 걸 알아냈습니다. '예카테리나 여제'라는 배였지요. 둘리툴 부두에 정박했다가, 바르나를 거쳐, 다뉴브강을 거슬러 올라갈 예정으로 되어 있더군요.

우리는 백작임에 틀림없는 자가 그 배에 상자를 실었다는 사실을 확인할 수 있었습니다. 우리의 적은 이제 안개를 마음대로 부리면서 바다로 나간 후 다뉴브강 입구로 가고 있습니다. 우리에게는 시간 여유가 좀 생겼습니다. 배가 아무리 빨라도 우리는 육로로 그 배를 따라잡을 수 있습니다. 우리는 그 배가 어디로 갈 건지, 놈이 누워 있는 관이 어떤 경로를 거칠 것인지 다 알고 있습니다. 배 주인을 구워삶아서 거기 실린 모든 화물의 송장을 볼 수 있었으니까요. 관은 바르나에서 하역되어, 어떤 상인에게 넘겨질 것이고, 그 상인이 다음 운반 절차를 밟게 될 겁니다. 우리에게는 시간 여유가 있으니 치밀하게 계획을 세워야 합니다."

그가 말을 마치자 나는 다시 한 번 백작을 그렇게 끝까지 쫓아야 할 이유가 있는지 그에게 물었다. 그는 내게 침착하게 말했다. 하지만 확신에 찬 목소리였고, 그가 우리들의 지도자임을 확실히 보여주는 말투였다.

"그렇습니다. 분명히 그럴 필요가 있습니다. 그는 몇 세기를 준비해서 이곳에 온 것입니다. 만일 그자를 따르는 불사귀들이 늘어나서 그자와 똑같은 짓을 하게 된다면 이 땅은 온통 불사귀로 넘치게 됩니다. 그자는 그자에게 속한 마성(魔性)의 도움을 받고 있습니다. 그것이 그자의 실체입니다.

더욱이 그자는 이제 부인을 감염시켰습니다. 그자를 그대로 내버려두면 부인은 이제 이전처럼 살 수 없습니다. 부인은 인간이니 죽을 수밖에 없습니다. 부인이 죽게 되면 부인은 그자처럼 됩니다. 마치 루시가 그랬듯이 말입니다. 우리는 절대로 부인을 그렇게 둘 수 없습니다. 그자를 해치워야만 부인의 낙인이 사라질 수 있습니다.

부인, 이 모든 일은 비밀리에 치러져야 합니다. 사람들이 자기가 눈으로 본 것도 믿지 않는 세상에 우리는 살고 있습니다. 그리고 사람들이 우리를 의심한다면 그건 곧 그자에게 힘을 주는 것과 같습니다."

그의 말이 끝났다. 나는 그의 말에 설득되었다.

우리는 우리가 할 일에 대해 전반적으로 논의를 했다. 하지만 오늘 밤 당장 모든 것을 확정 짓지는 말자고 결론 내렸다. 각자 하룻밤 이 문제를 깊이 생각해보고, 내일 아침 식사 시간에 각자의 의견을 나누고 명확한 행동 방침을 정하기로 한 것이다.

나는 내 방에서 거울을 보았다. 내 이마에는 아직 붉은 자국이 있다. 나는 내가 순결하지 않다는 것을 다시 한번 느낀다.

제24장

수어드 박사의 일기

10월 5일

아침 식사를 하러 모였을 때 우리는 모두 원기를 회복한 모습이었다. 우리는 30분 후 나의 서재에서 만나 행동 방침을 결정하기로 했다.

반 헬싱 선생이 남들보다 좀 일찍 내 방으로 왔다. 선생은 입밖으로 꺼내기 어려운 무슨 이야기를 내게 하려는 것 같았다. 얼마간 망설이더니 그가 말했다.

"이보게, 다른 사람들이 없는 곳에서 자네와 단둘이 하고 싶은 이야기가 있네. 미나 부인이…… 미나 부인이 변하고 있네."

실은 나도 직감적으로 두려워하고 있던 일이었다.

그가 말을 계속했다.

"루시에게 일어났던 불행한 일이 다시 일어나지 않게 하려면 정말 조심해야 하네. 나는 그녀의 얼굴에 흡혈귀의 특성이 나타나고 있음을 알 수 있어. 우선 이빨이 조금 더 날카로워졌고, 눈빛도 조금 더 냉혹해졌네. 가슴 아픈 일이지만 우리는 그녀를 완전히 믿을 수 없어. 우리는 그녀가 우리의 결정을 모르게 해야 하네. 최면술에 걸려 있을 때 그자가 그녀가 알고 있는 모든 걸 자신에게 말하도록 강요할 수도 있어. 정말 가슴이 찢어지듯 아픈 일이지만 그녀를 우리 모임에서 제외해야 하네. 그녀를 보호한다는 명분을 내세워야 해."

　모임이 시작되었다. 나와 반 헬싱 박사는 크게 안도했다. 하커 부인이 자신이 없어야 행동 계획이 더 자유롭게 논의될 수 있을 것이라며 이번 모임에 참석하지 않겠다는 전갈을 보내온 것이다.

　모임이 시작되자마자 반 헬싱 박사가 우리가 처한 상황을 간단하게 요약해서 설명했다.

　"'예카테리나 여제호'가 어제 아침에 템스강을 떠났네. 아무리 속력을 내도 바르나에 도착하기까지는 3주가 걸릴 거라네. 하지만 우리는 육로로 사흘이면 그곳에 도착할 수 있어. 아무리 이런 저런 상황 변화를 염두에 두더라도 최소한 두 주일의 여유는 있는 셈이지. 계산상으로는 17일 정도에 이곳에서 떠나면 돼. 하지만 우리가 여기서 할 수 있는 건 아무것도 없어. 우리는 바르나에 익숙하지도 않으니, 좀 더 일찍 그곳을 향해 떠나면 어떻겠나? 오늘 밤과 내일 정도면 무장을 준비할 수 있을 테니, 다음 날 곧바로 출발하면 어떻겠나? 우리 네 사람이 말일세."

그의 말에 하커가 의혹에 가득 찬 눈으로 되물었다.

"네 사람이라니요? 우리는 모두 여섯 아닌가요?"

"맞아. 하지만 자네는 여기에 남아서 자네 아내를 돌보아야 해."

그러자 하커가 힘없는 목소리로 말했다.

"알겠습니다. 그 점에 대해서는 내일 다시 이야기를 나누어 보도록 하지요. 제가 아내와 상의해보겠습니다."

조너선 하커의 일기

10월 6일, 아침

미나가 나를 깨우더니 반 헬싱 박사를 불러달라고 했다. 박사는 내가 찾아올 것을 미리 짐작하고 있었던 것 같았다. 이미 옷을 입고 준비를 하고 있었던 것이다. 그는 나와 함께 곧장 내 방으로 갔다.

그를 보자 미나가 단도직입적으로 말했다.

"박사님, 저도 이번 여행에 동참하겠어요."

나와 박사는 깜짝 놀랐다.

박사가 물었다.

"어째서지요?"

"그래야 제가 더 안전할 것이기 때문이에요. 그리고 여러분들의 안전을 위해서이기도 해요."

"부인, 우리는 지금 위험 속으로 뛰어드려는 겁니다. 그리고 그 상황에서 제일 위험한 사람은 바로 부인 자신입니다."

그러자 아내가 손가락을 들어 이마를 가리키며 말했다.

"저도 잘 알아요. 하지만 바로 그 때문에 저도 함께 떠나야 해요. 저는 백작이 제게 명령을 하면 복종해야 해요. 그가 제게 은밀히 자기 곁으로 오라고 명령을 하면 저는 무슨 간계를 써서라도 그에게 가야 할 거예요. 심지어 제 남편 조너선을 속이게 될지도 몰라요. 그러니 저는 여러분들과 함께 있는 게 더 안전해요. 그리고 그럴 경우 여러분들은 저를 통해 그가 있는 곳을 알 수 있잖아요. 또, 선생님은 제게 최면을 걸어 제가 의식하지 못하고 있는 것도 알아내실 수 있잖아요. 그것을 통해 선생님은 그를 추적할 수 있을 거예요."

나는 다만 그녀의 손을 꼭 쥐어주었을 뿐 아무 말도 할 수 없었다.

반 헬싱 박사가 말했다.

제24장

"부인, 부인은 정말 지혜롭습니다. 좋습니다. 부인은 우리와 함께 가게 될 겁니다. 이제 우리는 출발 준비가 된 셈이네. 여행에 필요한 표는 내가 지금부터 구하겠네."

제25장

조너선 하커의 일기

10월 15일, 바르나

우리는 12일 아침에 채링 크로스를 출발해서 같은 날 밤 파리에 도착했다. 이어서 우리는 오리엔탈 특급에 몸을 싣고 오늘 5시경에 이곳에 도착했다.

낯선 곳이었지만 아무런 호기심도 일지 않았다. 앞으로 해야할 일에 온통 마음을 빼앗기고 있었기 때문이었다. '예카테리나 여제호'가 도착하기까지, 내게 관심이 가는 일은 아무것도 없을 것이다.

우리는 저녁을 먹고 일찍 잠자리에 들었다. 내일 우리는 부영사를 만나 그 배가 도착하는 대로 배에 승선할 수 있도록 조치를 취할 것이다. 반 헬싱 교수의 말대로 해가 떴다가 지기 전에 우리가 해야 할 일을 해치워야만 한다. 백작이 박쥐의 모습으로 변하더라도 그 먼 바다를 건널 수는 없을 것이고 그는 꼼짝 없이 관 속에 누워 있어야만 하리라.

10월 17일

이제 여행에서 돌아올 백작을 맞을 만반의 준비가 다 되었다. 고다밍 경은 그 상자에 자기 친구가 도둑맞은 물건이 있는 것 같다는 말로 선박 회사 사람들을 설득해서 그 상자를 열어볼 수 있게 해 놓았다. 만일 백작이 그 안에 있다면 반 헬싱 교수와 수어드가 당장 그자의 머리를 자르고 심장에 말뚝을 박아 넣을 것이다. 선생의 말로는 그자의 몸뚱이는 곧 먼지로 변하게 될 것이고, 우리는 아무런 의심도 받지 않게 될 것이라고 했다.

수어드 박사의 일기

10월 24일

오늘 아침 런던 로이드사로부터 아서에게 전보가 왔다. '예카테리나 여제호'가 예정대로 다르다넬스 해협을 통과했다는 것이다. 나는 전쟁터에서 전투 준비 명령을 받은 군인들의 심정을 제대로 이해할 수 있는 기분이었다. 이제 24시간 후면 배가 이곳에 도착하리라.

10월 25일, 정오

아직 배가 도착했다는 소식이 없다. 하커만이 유달리 침착했을 뿐 우리는 모두 흥분해 있었다. 반 시간 전쯤 나는 그가 날카롭게 칼을 갈고 있는 모습을 볼 수 있었다.

하커 부인은 아침 내내 불안해했지만 이제는 그녀의 방에서 잠들어 있다.

10월 27일, 정오

참으로 이상한 일이다. 어제도 하루 종일 초조하게 배가 도착했다는 소식을 기다렸지만 감감 무소식이었고, 아직까지도 우리가 기다리는 배의 도착 소식이 없다. 하커 부인은 최면 상태에서 언제나처럼 '철썩이는 파도와 갈라지는 물살' 이야기만 했다. 다만 '파도가 아주 약해요'라는 말을 덧붙이기는 했다.

런던에서는 '더 이상의 보고가 없음'이라는 같은 내용의 전보만 왔다. 반 헬싱 교수는 백작이 빠져나간 것은 아닌지 걱정하기 시작했다.

10월 28일

런던에서 뜻밖의 전보가 날아들었다. '예카테리나 여제호'가 오늘 1시에 갈라츠항에 입항했다는 보고가 왔다는 것이었다. 너무나 놀라운 일이라서 믿을 수 없었다.

반 헬싱 선생이 누구랄 것도 없이 물었다.

"갈라츠행 열차가 내일 몇 시에 떠나지?"

"내일 아침 6시 30분입니다."

놀랍게도 하커 부인의 대답이었다. 그녀는 남편에게 도움이 되도록 평소에도 기차 시간표를 늘 눈여겨보고 있다고 말했다. 그러자 반 헬싱 교수가 말했다.

"아서, 자네는 어서 가서 갈라츠행 열차표를 사도록 하게. 조너선 자네는 그 배의 대리인을 찾아가 우리가 그 배를 수색할 수 있는 허가서를 받아오도록 하고, 퀸시 모리스 자네는 부영사를 찾아가 도움을 청하게. 그리고 부인은 부인의 일기를 좀 갖다주시겠습니까?"

이제 선생과 나 단둘이 남게 되자 선생이 상황을 내게 설명했다.

"자네, 우리가 이곳에 와서 몇 번 미나 하커 부인에게 최면을 걸었던 것 알고 있지? 덕분에 그자가 계속 배 안에 타고 있음을 확인할 수 있었잖은가? 그런데 내가 깜빡한 게 있네. 그녀가 최면에 걸려 있는 동안에 그자가 그녀에게 자신의 정신을 보내서 그녀에게 명령을 보낸 거라네. 아마 배에 실린 자신의 관을 보러오라고 명령했을 거야. 그러면서 그자는 우리가 여기 있다는 것을 알게 되었겠지. 이제 그자는 우리를 피하려고 최대한 애쓰고 있어. 그자는 당분간 미나도 원치 않을 걸세. 연락을 끊어버리고 그녀가 자기 곁으로 오지 못하게 애를 쓸 거란 말일세. 우리가 그녀와 함께 있다는 것을 안 이상, 당연한 일 아닌가?

지금 그자는 우리의 추적을 따돌린 줄 알고 안심하고 있을 걸세. 하지만 우리는 그 괴물을 끝까지 추적할 걸세. 그자가 우리의 추적을 벗어난 지는 72시간밖에 안 됐어. 이제 부인의 능력은 그자에게 우리 위치를 알리는 데 이용되는 게 아니라, 우리가 그자를 추적하는 데 유익하게 사용될 것이라네."

제25장

제26장

수어드 박사의 일기

10월 29일

나는 지금 이 일기를 바르나에서 갈라츠로 가는 열차 안에서 쓰고 있다.

어제 저녁 반 헬싱 박사는 다시 하커 부인에게 최면을 걸었다. 하지만 평시보다는 훨씬 더 긴 시간 노력한 후에야 그녀에게 최면을 걸 수 있었다. 점점 최면을 걸기가 어려워지고 있다.

마침내 그녀에게서 대답이 나왔다.

"아무것도 보이지 않아요. 우리는 멈춰 서 있어요. 더 이상 물결은 치지 않고, 배를 묶는 굵은 밧줄에 물이 가볍게 부딪치는 소리만 들려요. 사람들이 여기저기 외치는 소리가 들리고 노들이 삐걱거리는 소리가 들려요. 머리 위에서 발 구르는 소리, 밧줄과 쇠사슬을 끄는 소리가 들려요. 이게 뭐지요? 빛줄기가 보이고, 내 위로 바람이 부는 것을 느낄 수 있어요."

반 헬싱이 말했다.

"모두 알았겠지? 그자는 해안가 가까이 있어. 그자가 오늘 밤 상륙하지 못한다면 하루를 더 기다려야 하고, 우리는 낮에 그자가 누워 있는 관을 덮쳐서 그 자를 해치울 수 있을 거야."

우리는 가슴을 졸이며 갈라츠로 향했다. 우리는 새벽 2시와 3시 사이에 그곳에 도착해야만 한다. 반 헬싱 박사는 한 번 더 하커 부인에게 최면을 걸었고 그녀의 입에서 뭔가가 나가고 있다, 사람들이 이상한 말로 떠들어대는 소리가 들린다는 말을 들을 수 있었다.

10월 30일

이제 갈라츠가 가까워졌다. 우리는 모두 새벽이 오기를 초조하게 기다렸다. 하커 부인은 최면 상태에서 사방이 어둡고, 소들이 우는 소리가 들리며, 귀 높이에서 물소리와 나무 삐걱대는 소리가 들린다고 말했다. 그녀는 늑대 울음소리가 들리는 것 같다는 말도 했다.

우리는 퀸시 모리스가 전보로 예약해 두었던 호텔로 갔다.
고다밍 경은 영사관에서 도움을 확약 받았다.

조너선 하커의 일기

10월 30일

9시에 반 헬싱 박사, 존 수어드와 함께 런던 햄굿 선박 회사
대리인들을 방문했다. 그들은 본사에서 우리에게 최대한 협조
해주라는 전보를 받아놓고 있었다. 모두 고다밍 경이 손을 쓴
덕분이었다.

그들은 우리를 곧장 '예카테리나호'의 갑판으로 안내했다.
거기서 우리는 도넬슨이라는 이름의 선장을 만났다. 그런데 우
리는 그에게서 뜻밖의 말을 듣고 망연자실했다. 그 배에는 그
자가 숨어 있는 관이 없었던 것이다.

선장이 우리에게 말했다.

"런던에서 흑해까지 순풍이 불어와 정말 순조롭게 항해를 했
습니다. 마치 악마가 도와주는 것 같아 불안하기까지 할 정도
였으니까요. 사실 악마 생각이 들 만했습니다. 항해 도중 안개

가 내내 따라와 앞이 보이지 않을 정도였으니까요.

그런데 우리가 보스포루스 해협을 지날 때였습니다. 루마니아 사람들이 제게 오더니, 이상한 늙은 남자가 배에 실은 상자를 배 밖으로 들어내라고 요구히더군요. 아무리 보아도 그 상자가 불길하다는 미신 같은 생각을 한 거지요. 처음에는 그 친구들 말을 무시했습니다. 그런데 닷새 동안이나 안개가 걷히지 않자 저도 좀 꺼림직했습니다.

그런데 안개가 걷히고 보니까, 배가 갈라츠 반대편 강가에 와 있는 것 아니겠습니까? 분명 옳게 항로를 잡았는데 말입니다. 루마니아인들이 펄펄 뛰면서 그 상자를 당장 밖으로 던져버릴 기세였습니다. 나는 겨우 그들을 막을 수 있었지요. 어쨌든 화물을 목적지까지 배달하는 게 제 임무이니까요.

그런데 다음 날 아침, 해가 뜨기도 전인데 웬 남자가 배로 찾아왔습니다. 그리고 제게 영국에서 보낸 명령서를 보여주었습니다. 드라큘라 백작을 대신해 그 사람에게 화물을 인도하라는 명령서였습니다. 저는 이것 정말 잘 됐다, 하는 심정으로 그 상자를 그 사람에게 넘겼습니다."

반 헬싱 박사가 조바심을 억누르고 물었다.

"그 짐을 인도해간 사람의 이름이 뭐지요?"

그는 영수증을 가져오더니 그 사람 이름을 알려줬다. 이름이 임마누엘 힐데스 하임이었으며 주소는 부르겐가 16번지로 되어 있었다.

우리는 곧바로 그 사람의 사무실로 찾아갔다. 우리는 그에게서 중요한 정보를 얻었다. 그는 런던의 드빌이라는 사람으로부터 그 상자를 인수해서 스킨스키라는 사람에게 넘겨주라는 명령을 받았다고 했다. 스킨스키는 강을 따라 항구로 내려와 장사를 하는 슬로바키아 사람들과 거래를 하는 사람이었다.

우리는 스킨스키라는 사람을 만나려고 온갖 시도를 다했다. 하지만 그를 만날 수는 없었고, 그가 이틀 전에 집을 떠난 후 아무도 보지 못했다는 소식만 얻을 수 있었다. 그때였다. 누군가 헐레벌떡 달려오더니 스킨스키가 성 베드로 성당 교회 묘지 담장 안쪽에서 시체로 발견되었다고 말했다.

우리는 아무런 결론도 맺지 못한 채 호텔로 돌아왔다. 그 관이 강을 따라 어디로 운반되고 있다는 것만 알 수 있을 뿐, 어느 행로를 통해 어디쯤 지나고 있는지는 오리무중이었다. 우리는 무거운 마음으로 미나를 보러 갔다.

미나 하커의 일기

10월 30일, 저녁

나는 반 헬싱 박사에게 내가 아직까지 보지 못한 기록들을 모두 갖다 달라고 부탁했다. 그 기록들을 꼼꼼히 살펴보면서 이제부터 우리가 어떻게 해야 할지 아무 편견 없이 생각해보고 싶어서였다.

하느님의 도움으로 나는 중요한 발견을 했다. 꼼꼼하게 조사를 해보려면 지도가 필요하다. 그래, 내가 잘못 생각하지 않았다는 확신이 점점 더 강해진다. 내 결론을 친구들 앞에서 읽어주어야겠다. 판단은 그들이 하겠지.

미나 하커의 기록(그녀의 일기에 삽입됨)

내가 추측해낸 것

드라큘라 백작은 런던에서 자기의 성으로 배를 통해 가기로 결정했다. 가장 은밀하고 안전하기 때문이다.

그는 애당초 갈라츠로 갈 생각이었다. 그는 우리를 따돌리기 위해 바르나로 가는 것처럼 위장했다. 그는 안개를 이용해 배를 갈라츠로 몰았다.

그렇다면 갈라츠에 상륙한 뒤에는 어디로 갔을까? 스킨스키를 그 상자의 인도자로 택한 것에서 힌트를 얻을 수 있다. 그는 슬로바키아 사람들과 거래를 하던 사람이다. 드라큘라는 자신의 관을 런던으로 옮길 때와 같은 방법을 쓰려 하고 있다. 그 관을 인수받은 슬로바키아 사람들은 집시들에게 그 관을 인도할 것이다. 백작은 그 흔적을 지우기 위해 스킨스키를 살해했을 것이다.

나는 지도를 살펴보았다. 슬로바키아 사람들이 거슬러 올라가기에 적당한 강은 둘이 있다. 시레트강이나, 푸르트강이다. 내가 최면 상태에 빠졌을 때 했던 말에 의하면 소들이 우는 소리가 들렸고, 귀 높이에서 물소리와 나무 삐걱대는 소리가 들린다고 했다. 백작은 그때 관속에 들어가, 노나 삿대로 젓는 나룻배에 실려 있음이 틀림없었다.

그렇다면 두 강 중 어느 강일까? 시레트강일 확률이 높다. 시레트강은 푼두에서 비스트리츠강과 합류하는데, 물길로 드라큘라 성 근처로 가려면 그 길이 더 가깝기 때문이다.

미나 하커의 일기(계속)

나는 내 기록을 모두에게 읽어주었다. 그러자 반 헬싱 박사가 말했다.

"다시 한번 미나 부인이 우리의 눈을 밝혀주었네. 이제 놈이 가고 있는 방향과 목적지를 확실히 알게 되었네. 우리는 놈이 도중에 어디로 새지 못하도록 철저히 추적해야 하네. 자, 이렇게 하세. 고다밍 경과 조너선은 증기선을 구해서 그자의 뒤를 쫓도록 하게. 퀸시 모리스와 존 수어드는 놈을 실은 배가 상륙할 것에 대비해서 말을 준비하고 육로로 강을 따라가게. 나는 미나 부인과 함께 당장 놈의 소굴 한복판으로 들어가겠네. 조너선이 갔던 길을 따라 드라큘라 백작의 성으로 가겠네. 미나 부인에게 최면을 걸어 도움을 받을 수 있을 걸세. 그곳에서 할 일이 많아. 그 흡혈귀의 소굴을 망가뜨리기 위해 정화시켜야 할 곳이 많다네."

조너선이 당연히 나를 그 무서운 곳에 보낸다는 계획에 반대했지만, 나를 구하기 위해서라는 박사의 말을 듣고 흐느끼며 그의 말을 받아들였다.

얼마 후

이처럼 용감한 사람들이 열심히 나서는 데 어찌 마음의 위안을 받지 않을 수 있을까? 우리는 세 시간도 되지 않아 모든 준비를 마쳤다. 고다밍 경과 조너선은 멋진 기선을 구해서 언제라도 떠날 준비를 갖추었고, 수어드 박사와 모리스 씨는 여섯 필의 훌륭한 말을 구했다. 고다밍 경과 모리스 씨의 재력 덕분이었다. 반 헬싱 선생과 나는 11시 40분 기차로 베레슈티를 향해 출발할 것이며, 거기서 보르고 고개로 가는 마차를 한 대 빌릴 것이다.

우리는 모두 반 헬싱 선생의 지시대로 무장을 했다. 하지만 나는 그러지 못한다. 내 이마의 반점이 그것을 거부한다. 반 헬싱 선생이 나를 지켜주겠다며 조너선과 나를 안심시켰다.

조너선 하커의 일기

10월 30일, 밤

증기선 화덕에서 나오는 불빛에 이 일기를 쓰고 있다. 고다밍 경이 화부 역을 맡고 있다. 미나의 판단이 옳았다. 백작은 분명 이 강을 거슬러 올라가 비스트리츠강과 합류할 것이다. 우리는 빠른 속도로 강을 거슬러 올라가고 있다. 모리스 씨와 수어드 박사는 길이 멀기에 우리보다 먼저 떠났다.

오, 우리 앞에 어떤 모험이 기다리고 있을 것인가!

수어드 박사의 일기

11월 3일

우리는 푼두에서 그 증기선이 비스트리츠강을 거슬러 올라갔다는 말을 들었다. 날씨만 조금 덜 추웠으면! 눈이 곧 내릴 것만 같다. 만일 폭설이 내린다면 길이 막힐 것이다. 그렇게 되면 러시아 사람들처럼 썰매를 타고 가야 하리라.

제27장

미나 하커의 일기

11월 1일

하루 종일 우리는 서둘러 여행을 계속했다. 반 헬싱 교수는
조금도 지치는 기색이 없었다. 그는 하루 종일 휴식을 취하지
않고, 내게만 오랫동안 잠을 자게 해주었다.

해 질 녘에 그가 내게 최면을 걸었고 나는 '어둠, 철썩이는
물, 삐걱거리는 나무'라고만 대답해주었다. 물론 그가 나중에
내게 알려준 것이다. 나는 최면 중에 내가 무슨 말을 했는지 알
지 못한다.

11월 2일, 아침

오늘 최면 중에 나는 '어둠, 삐걱거리는 나무, 으르렁거리는 물소리'라고 답해주었다. 강을 거슬러 올라가면서 강의 모습이 바뀌고 있는 것이다.

같은 날 저녁

하루 종일 쉬지 않고 말을 몰았다. 풍경이 점차 확대된다. 저 멀리 나지막하게 보였던 카르파티아 산맥의 우뚝한 봉우리들이 이제 우리 눈앞에 거대하게 우뚝 서 있다.

박사는 동이 틀 무렵이면 보르고 언덕에 닿을 것이라고 말했다. 이제 말을 구할 수 없으므로 우리가 마지막으로 구한 말을 타고 목적지까지 가야 한다고 박사가 말했다. 그는 여분의 말을 두 마리 더 구했고 그래서 우리는 지금 각자 두 마리 말의 고삐를 쥐고 있다.

우리는 내 남편이 그토록 고통을 당했던 곳을 찾아가고 있다. 하느님께서 우리들을 지켜주실 것이다. 아아, 하지만 과연 나는 그분의 보살핌을 받을 자격이 있는 것일까? 이렇게 더럽혀진 이 몸이!

에이브러햄 반 헬싱의 기록

11월 4일

이 글은 내가 런던의 내 오랜 친구이자 제자인 수어드 박사에게, 내가 다시 그를 못 보게 될 경우에 대비해서 적는 글이다.

날씨가 몹시 춥다. 부인은 그녀답지 않게 기운이 없다. 그녀는 계속 잠만 잔다. 어제 저녁 그녀에게 최면을 걸어보았지만 효과가 없었다.

다행히 저녁이 되자 그녀가 생기를 되찾고 내게 밝고 다정하게 대했다. 나는 마차에 실어온 나무들로 불을 피웠고, 그동안 부인이 저녁을 준비했다. 내가 그녀에게 음식을 건네자 그녀는 웃으며 배가 고파서 이미 먹었다고 말했다. 나는 그녀가 거짓말을 하고 있다는 것을 알고 있다. 그녀는 점점 그자와 비슷해지고 있다.

밤이 되자 그녀는 깊은 잠에 빠져들었다. 나는 그녀를 안아서 마차에 깔아놓은 침구에 눕혔다. 그녀는 여전히 잠에 빠져 있었고, 건강하고 혈색이 좋아보였다. 하지만 결코 좋은 조짐으로 보이지 않았다. 나는 두렵고, 두렵고 또 두렵다. 모든 것이 두렵다. 이 길을 계속 가야 한다는 생각조차 두렵다. 하지만 나는 끝까지 가야만 한다. 우리가 걸고 있는 내기에는 죽느냐 사느냐의 문제, 아니, 그보다 더한 것이 걸려 있다. 우리는 결코 물러설 수 없다.

11월 5일, 아침

모든 것을 정확히 기록하려 한다. 우리는 여행을 계속했고, 앞으로 나갈수록 풍경은 더욱 거칠어졌고 황량해졌다. 미나 부인은 내쳐 잠만 자고 있다. 나는 흡혈귀에 감염된 그녀에게 치명적 주술이 작용되고 있는 것은 아닌지 걱정스러워졌다. 부인이 내쳐 저렇게 잠만 자고 있으니 나는 밤에도 잠이 들면 안 된다고 속으로 다짐했다.

하지만 험한 길을 계속 가는 사이 나는 깜빡 잠이 들었던 모양이다. 내가 잠에서 깨어났을 때 부인은 여전히 잠들어 있었고, 해가 지고 있었다. 가파른 산들은 우리로부터 조금 멀어져 있었으며 우리는 언덕 위에 올라와 있었다.

바로 그곳에 조너선이 일기에 쓴 그 성이 있었다. 나는 기쁘고도 두려웠다. 결과야 어떻건 종말이 가까워지고 있었다. 짙은 어둠이 깔리기 전에 나는 말들을 바람막이가 될 만한 곳으로 데려가 먹이를 주었다.

이어서 나는 불을 피웠고 잠에서 깬 부인을 불 곁에 앉혔다. 부인은 여전히 식사를 하지 않았다. 권해보았자 소용없음을 알고 나는 혼자 식사를 했다. 힘을 쓰기 위해서는 먹어두어야 했다. 그런 후 나는 미나 부인이 앉은 곳 둘레에 둥그렇게 원을 그리고 그곳에 성체의 빵을 잘게 부수어 놓았다. 부인은 마치 죽은 사람처럼 조용히 앉아 있었고, 얼굴이 점점 창백해지더니 마침내 백지처럼 새하얗게 되었다. 그녀는 온몸을 떨고 있었다.

추위 속에서 내가 피워놓은 불길이 약해졌다. 게다가 안개 속에 눈발이 흩뿌리기 시작해서 나는 나무를 좀 더 집어넣으려고 불가로 가려 했다. 그런데 어둠 속에서 뭔가 희미한 빛이 보였다. 그 희미한 빛은 눈송이들과 안개 속에서 점차 질질 끌리는 여자들 모습으로 변해갔다. 사방은 죽은 듯 고요했지만 겁에 질린 말들이 히힝거리는 소리를 냈다.

그 섬뜩한 형체들은 점점 우리에게 가까이 오고 있었다. 나는 두려움에 미나 부인을 바라보았다. 하지만 그녀는 조용히 앉아 있었다.

마침내 조너선이 꿈속에서 보았다고 생각했던 세 여인의 형체가 또렷이 나타났다. 그녀들은 낭랑한 웃음소리를 내며 말했다.

"이리로 와, 우리들의 자매, 이리로 와, 어서 이리로!"

나는 두려움에 미나 부인 쪽으로 고개를 돌렸다. 순간 나는 기쁨으로 가슴이 터질 것만 같았다. 그녀의 아름다운 눈에는 공포와 두려움이 가득했던 것이다. 그렇다. 부인은 아직 그들 중의 하나가 아니었다. 성체의 빵이 그녀를 부호해주고 있는 것이다.

나는 성체의 빵을 앞쪽으로 내밀고 불을 향해 그녀들 쪽으로 다가갔다. 그녀들은 뒤로 물러서며 나지막하고 으스스한 웃음을 흘렸다.

나는 이제 더 이상 그 마녀들이 두렵지 않았다. 내가 그렇게 무장을 하고 있는 한 내게 덤벼들 수 없다는 것, 미나 부인도 안전하다는 것을 알았기 때문이었다. 그녀들이 물러가자 말들도 신음 소리를 그치고 조용히 앉아 있었다.

나는 그렇게 불그스름한 새벽 동이 틀 때까지 그렇게 뜬눈으로 밤을 지새웠다. 외롭고 무서웠지만 태양이 다시 떠오르자 힘이 솟았다. 새벽이 되자 그 무시무시한 모습들은 눈 녹듯 자취를 감추었다.

11월 5일, 오후

나는 잠든 미나 부인을 안전한 원 안에 놔둔 채 성을 향해 떠났다. 나는 마차에 신고 온 대장장이 망치를 손에 들고 있었다.

성의 문은 열려 있었다. 나는 그 망치로 자물쇠들을 다 부셔 버렸다. 나는 조녀선의 일기를 머리에 떠올리며 낡은 예배당을 찾아갔다. 나는 그곳에 내가 찾아내야 할 흡혈귀의 무덤이 최소한 세 개는 있다는 것을 알고 있었다.

나는 내가 전에 루시의 시체, 악령에 물든 그 시체에게 했던 일을 세 여인의 시신에게 번갈아 했다. 아아, 그 끔찍한 일을 다시 자세히 묘사하고 싶지는 않다. 그러나 어쨌든 그녀들은 나로 인해 깊은 죽음의 잠에 들어 평온한 얼굴을 하게 되었다. 그일을 끝냈을 때, 나는 나머지 것들보다 훨씬 크고 균형이 잡힌 무덤을 발견했다. 그 무덤에는 이 한 마디만이 적혀 있었다.

드라큘라

그것은 바로 흡혈귀 괴수의 무덤이었다. 그 무덤은 비어 있었다. 아직 그가 돌아오지 않은 것이 확실했다. 나는 그의 무덤에 성체의 빵을 놓았다. 그 어떠한 경우에라도 그는 다시 자기 무덤으로 돌아가지 못하리라.

나는 다시 미나 부인이 잠들어 있던 곳으로 갔다. 내가 그 원

안으로 들어갔을 때 그녀는 깨어 있었다.

그녀가 외쳤다.

"오오, 이 무서운 장소에서 어서 떠나요. 어서 제 남편을 맞으러 가요. 그가 오고 있어요. 어서 그곳으로 가요."

부인은 야위고 창백했지만 그녀의 눈은 맑았고 타오르듯 빛나고 있었다. 나는 그녀의 창백한 병든 모습을 보고 마음이 놓였다. 그녀는 흡혈귀의 혈색을 하지 않고 있었다.

우리는 희망과 두려움을 동시에 지닌 채, 우리들의 친구를 맞으러, 미나 부인이 우리를 만나러 오고 있다고 말한 그 사람을 맞으러 동쪽으로 향했다.

미나 하커의 일기

11월 6일

나와 선생이 조너선이 오고 있는 동쪽을 향해 떠났을 때는 늦은 오후였다. 우리는 1마일 정도 언덕을 내려갔다. 뒤로 드라큘라 성의 윤곽이 보였다. 천 길 낭떠러지 위에 홀로 세워진 황량하고 기괴한 모습이었다. 멀리서 늑대 울음소리가 들려왔다.

선생이 내게 손짓을 했다. 그는 두 개의 바위 사이에 마치 건물 입구처럼 구멍이 뚫려 있는 곳을 찾아냈다. 그가 내 손을 잡아 안으로 끌어들이면서 말했다.

"여기 있으면 부인은 안전할 겁니다."

내가 안으로 들어가 자리를 잡는 순간, 그가 갑자기 소리쳤다.

"보세요, 부인! 보세요!"

눈이 더 심하게 내리고 있었고, 돌풍이 심하게 불고 있었다. 그러나 우리가 있는 곳에서는 멀리까지 볼 수 있었다. 황무지 너머 구불구불한 검은 강의 모습도 보였다. 그런데 우리에게서 별로 멀리 떨어지지 않은 곳에서 말을 탄 한 무리의 남자들이 급히 달려오고 있었다. 그들 한가운데는 마차가 있었다. 내 가슴이 뛰기 시작했다. 결말이 다가오고 있다는 느낌이 강하게 들었기 때문이었다. 이제 저녁이 다가오고 있어 시간이 촉박했다. 밤이 되면 그 안에 갇혀 있는 괴물은 다른 형체로 변해 우리들로부터 멀어지리라.

선생은 전에 그랬듯이 우리가 숨어 있는 바위 둘레에 둥글게 원을 그린 후 성체의 빵을 부수어 놓았다.

그런 후 그는 쌍안경을 들어 앞을 멀리 바라보았다. 그의 입에서 기쁨의 탄성이 들렸다.

"보세요! 말을 탄 두 남자가 남쪽에서 빠르게 달려오고 있습니다. 분명히 퀸시와 존일 겁니다.”

나는 박사에게서 망원경을 건네받았다. 분명 수어드 박사와 모리스 씨였다. 나는 망원경을 눈에 대고 이리저리 둘러보았다. 그런데 북쪽에서 무서운 속도로 말을 달려오고 있는 두 남자의 모습이 보였다. 그들 중 하나는 조너선이었고, 다른 한 명은 분명 고다밍 경일 것이었다. 그들은 마차 무리를 뒤쫓고 있음이 분명했다.

선생과 나는 바위 뒤에 웅크리고 앉아 무기를 손에 들었다. 기다리는 한순간, 한순간이 너무 길게 느껴졌다. 갖가지 차림을 한 사람들이 우리가 숨어 있는 곳 앞으로 속속 몰려들고 있었다. 선생이 나지막하게 말했다.

“관을 성으로 가져가려는 집시들일 겁니다.”

이제 얼마 안 가서 곧 해가 질 판이었다. 우리가 기다린 지 한 시간이 채 못 되었을 때였다. “멈춰라!” 하는 고함 소리가 들렸다. 분명 조너선의 목소리였다.

마차를 몰고 오던 자들이 말을 멈추며 고개를 돌렸고 네 명이 동시에 그들에게 달려들었다. 조너선과 모리스 씨, 고다밍 경과 수어드 박사였다. 집시들의 우두머리가 계속 길을 가라고 명령했지만 네 남자는 동시에 윈체스터 총을 겨눈 채 그에게 멈추라고 위협했다.

　포위된 것을 안 그들이 마차를 멈춰 세웠다. 집시들은 저마다 무기들을 뽑아들고 공격 자세를 취했다.

　그때 그들 한가운데로 조너선과 퀸시가 돌진하는 모습이 보였다. 그 어느 것도 그들의 앞을 가로막을 수 없을 것 같은 기세였다. 조너선의 기세에 집시들은 움찔하며 길을 내주었다. 조너선은 눈 깜짝할 사이에 마차 위로 오르더니 그 안에 있던 관을 놀라운 힘으로 바닥에 내동댕이쳤다. 그러는 사이 모리스 씨도 앞길을 트기 위해 집시들을 몰아붙이고 있었다. 그가 사람들을 뚫고 앞으로 나가려는 순간, 집시 한 명이 휘두른 칼이 번쩍였고 그는 옆구리에 상처를 입었다. 그는 마차에서 뛰어내린 조너선 옆으로 뛰어갔다. 옆구리를 움켜 쥔 왼손의 손가락 사이로 피가 솟아오르고 있었다.

　두 사람은 힘을 합쳐 칼로 관 뚜껑을 열었다. 그러는 사이 집시들은 자기네들이 윈체스터 총으로 포위되어 있음을 알고 저항을 포기했다.

　내게 관 속에 누워 있는 백작의 모습이 보였다. 그는 꼭 밀랍 인형처럼 창백했고, 붉은 눈은 무시무시하고 악의에 찬 표정을 하고 있었다. 해가 막 지려 하고 있었고, 그 눈이 지는 해를 바라보고 있었다. 지는 해를 보자 증오에 찬 그의 표정이 승리의 표정으로 바뀌려 하고 있었다.

바로 그 순간, 조너선의 칼이 번쩍 빛을 발했다. 나는 조너선의 칼에 백작의 머리가 잘리고, 모리스 씨의 칼이 그의 심장에 박히는 것을 보면서 비명을 질렀다.

그러자 마치 기적 같은 일이 벌어졌다. 바로 우리들 눈앞에서 순식간에 그 몸뚱이가 한 줌 먼지로 변한 것이었다.

그리고 내가 또 놀란 것이 있다. 그 마지막 순간, 전혀 상상할 수도 없었던 평화로운 표정이 잠깐 그의 얼굴에 떠올랐던 것이다. 집시들은 몸뚱이가 먼지로 변하는 모습을 보고는 우리가 무슨 요술이라도 부린 줄 알고 줄행랑을 쳤다.

모리스 씨는 땅에 쓰러진 채 손으로 옆구리를 누르고 있었다. 그의 손가락 사이로 여전히 피가 솟구쳐 나오고 있었다. 두 명의 의사가 황급히 그의 곁으로 달려갔다.

그는 미소를 지으며 말했다.

"내가 어떻게든 도움이 되었다는 게 기쁠 뿐입니다. 오, 하느님!"

그는 온 힘을 다해 일어나 앉으려고 애쓰면서 다시 말했다.

"저걸 보세요. 저걸 위해서라면 죽어도 보람이 있습니다. 보세요. 그녀의 이마가 눈보다 순결합니다. 저주가 지워졌어요."

제27장

태양이 산꼭대기 위에 걸려 있었고, 붉은 빛줄기가 내 얼굴 위로 떨어지고 있었다.

　그는 우리가 비통한 마음으로 지켜보는 가운데 웃음을 띤 채 그렇게 죽었다. 그는 완벽한 신사였다.

후기

우리가 그 불길을 지나온 지도 7년이 되었다. 그리고 우리들 대부분은 그때 겪었던 고통을 충분히 보상받을 만한 행복을 누렸다.

내 아들의 생일이 퀸시 모리스가 죽은 바로 그날과 같다는 것이 우리에게는 너무 큰 기쁨이다. 미나는 우리의 영웅적인 친구의 영혼이 우리의 아들 속으로 들어왔다고 은밀하게 믿고 있다. 우리는 그 아이에게 그 모험에 함께 했던 사람들의 이름을 모두 붙여주었지만, 우리는 그 아이를 퀸시라고 부른다.

고다밍과 수어드도 행복한 결혼을 했기에, 우리는 크나큰 슬픔 없이 그 시절에 대해 이야기를 나눌 수 있다.

나는 그 원정에서 돌아온 이후 금고 속에 보관해 두었던 그 시절 기록들을 꺼내어 읽는다. 그런데 몇몇 일기나 기록들을 제외하고는 사람들이 믿을 만한 게 하나도 없었다. 모두들 우리를 의심할 것이 뻔했다. 반 헬싱 선생은 내 아들을 무릎에 앉히고 이렇게 짧게 요약해 말해주었다.

"이 아이는 때가 되면 자기 어머니가 얼마나 용감했는지 알게 될 거라네. 벌써 어머니가 얼마나 다정한 분인지, 어머니가 자기를 얼마나 사랑하는지 알고 있어. 나중에 이 아이는 어떤 남자들이 자기 어머니를 사랑했는지, 그녀를 구원하기 위해 감히 어떤 일을 감행했는지 알게 될 걸세."

조너선 하커

『드라큘라』를 찾아서

여러분에게 느닷없는 질문을 하나 해보자.

여러분은 귀신이 존재한다고 믿는가?

아마 대놓고 그렇다고 대답할 사람은 별로 없을 것이다. 아니, 우주여행이 곧 실현될 마당에 그 무슨 어리석은 생각이란 말인가? 이 대명천지에 아직 그런 미신을 믿고 있는 사람이 어디 있단 말인가?

그런데 영 꺼림칙하다. 이 소설을 읽고 난 후 혹시 여러분은 어떤 기분을 느꼈는가? 어두운 곳에서 드라큘라 같은 흡혈귀의 빨간 눈이 당신을 노려볼 것 같지 않은가? 세상모르고 잠들어 있을 때 드라큘라의 날카로운 송곳니가 당신의 목에 은밀히 닿는 것 같은 느낌을 받지 않았는가? 말이나 생각으로는 귀신을 부정하면서도 마음 한구석에 여전히 귀신에 대한 두려움이 도사리고 있지 않은가?

질문을 바꾸어보자.

여러분은 이런 꿈을 한번 꾸어보지 않았는가? 한 번에 여러 곳에 나타날 수 있는 분신술을 터득해보았으면, 남의 눈에 보이지 않는 투명인간이 되어보았으면, 자신이 원하는 모습으로 둔갑할 수 있는 변신술을 발휘할 수 있었으면, 마술을 발휘해서 세상을 내 마음대로 해보았으면, 마법의 약을 먹고 늙지도 않고 죽지도 않을 수 있다면, 사랑의 묘약을 얻어서 사랑하는 사람의 마음을 사로잡을 수 있다면…….

아마 누구나 그렇다고 대답할 것이다. 그런데 그 꿈의 내용을 찬찬히 살펴보면 좀 묘하다. 어쩐지 그 꿈의 내용은 이 소설에서 드라큘라가 가진 능력과 비슷한 것 같기도 하다. 그렇다면 사람들에게는 은연중 드라큘라 같은 존재가 되어보고 싶은 꿈이 존재하는 것일까? 그 무서운 드라큘라는 우리들 꿈속에 존재하는 것이 아닐까?

과감하게 말하자. 우리에게는 분명 그런 꿈이 존재한다. 드라큘라는 바로 우리들의 꿈속에 존재한다. 무슨 꿈? 초자연적인 존재가 되고자 하는 꿈이다.

사실 그 꿈은 인류가 지상에 존재하면서부터 지니고 있던 꿈이다. 인류의 조상들은 초자연적인 현상이 우리 주변에서 늘 벌어지고 있다고 믿었다. 초자연적인 존재들이 늘 우리들 곁에 함께 하고 있다고 믿었다. 신화만 그런 게 아니다. 호메로스의 『일리아스』와 『오디세이아』를 보라. 소포클레스의 『오이디푸스 이야기』를 보고 베르길리우스의 『아이네이아스』를 보라. 신들이 사람들과 함께 지내고 있지 않은가? 셰익스피어의 『한여름 밤의 꿈』과 『템페스트』를 보아도 요정들이 버젓이 사람들 곁에서 활보하고, 마법이 마음껏 발휘되지 않는가?

그 시대 사람들은, 그런 것을 이상하게 생각하지 않았다. 그런 작품을 읽으면서 단순히 문학적 장치로 생각한 게 아니라 그게 현실이라고 믿었다. 과감히 말한다면 드라큘라가 늘 곁에 함께 하고 있다고 믿었다고 보아도 된다. 아마 인류의 조상들은 드라큘라를 별로 무서워하지 않았을 것이다. 아니, 좀 무섭기는 해도, 이 소설 속에 나오는 인물들처럼 무시무시한 공포감에 젖지는 않았을 것이다. 왜? 어느 정도 익숙해 있기 때문이다.

그런데 그런 존재가 19세기 말에 나온 브램 스토커(Bram Stoker, 1847~1912)의 『드라큘라』에서는 무시무시한 흡혈귀가 된다. 이 세상에서 퇴치해야만 하는 악마가 된다. 왜 그렇게 된 것일까?

다른 작품들의 해설에서 여러 번 말한 적이 있지만 19세기는 과학에 대한 사람들의 믿음이 절정에 달했던 시기다. 인간에게 과학의 이름으로 못 밝힐 것이 없다는 믿음이 팽배했던 시기다. 또한 과학의 힘으로 못 이룰 것이 없다고 믿었던 시기이기도 하다. 그 믿음이 문학에도 영향을 미쳐서 나온 것이 '자연주의 문학'임을 우리는 알고 있다.

인간의 이성에 대한 믿음, 인간의 이성이 이룩한 과학에 대한 믿음이 절정에 달하면, 초자연적인 현상을 믿는 것은 어리석은 짓이 되어버린다. 무지몽매한 짓이 되어버린다. 인간은 인간의 이성의 힘으로 밝힐 수 있는 것만 밝히려 애쓰며 살면 된다. 그러면서 인간의 관심은 지극히 현실적인 분야로 좁아진다.

그런데 그게 그렇게 간단하지 않다. 그리고 개운하지도 않다. 인간의 삶에는 여전히 명백하게 밝힐 수 없는 세계가 존재하기 때문이다. 어떤 세계? 바로 탄생 이전의 세계, 죽음 이후의 세계다. 그게 바로 영혼의 세계다. 인간은 육신을 지니고 살아가는 이승의 세계에 대해서만 관심을 갖고 사는 게 아니다. 도대체 인간이 어디에서 왔는지, 죽은 이후에는 어디로 가는지 관심을 갖고 살아간다. 과학의 힘으로 모든 것을 밝힐 수 있다고 아무리 소리 높여 말해도, 이 세상에는 신비스러운 힘이 함께 하고 있다고 믿게 되어 있는 것이 인간이다. 아무리 과학만능주의에 물들어 있던 19세기 사람들이라 할지라도 예외가 아니다.

『드라큘라』 같은 환상 문학, 괴기 소설 들이 등장한 것은 바로 그런 분위기에서다. 그런 소설들에서 다루어지고 있는 것은 바로 초자연적인 현상들이다. 그런데 이제 세상은 그 초자연적인 현상을 당연시 여길 만큼 순진하지 않게 변했다. 이제 그런 초자연적인 현상이나 존재들은 고대 그리스 소설이나 셰익스피어 소설에서처럼 친근한 모습으로 나타날 수 없다. 세상 분위기는 그런 현상을 부정한다. 이 세상은 인간의 밝은 이성으로 환히 밝혀졌다. 그 이성의 빛으로 어둠을 몰아내야 한다. 그런데 분명 그런 초자연적인 현상이 존재하는 것 같다. 그러면 어떤 일이 벌어지겠는가? 그런 초자연적 현상에 대한 두려움이 커지지 않겠는가?

그런 세상에서는 그런 초자연적 현상을 믿는 자기 자신이 두렵다. 이 대명천지에 그런 꿈을 꾸다니! 그런 꿈을 몰아내야 한다. 그런데 그 꿈을 계속 꾸게 된다. 남들은 그런 꿈을 안 꾸는 것 같은데 나만 꾼다. 무섭다. 그 꿈의 내용이 무섭고, 그 꿈을 꾸는 내가 무섭다. 그 꿈을 몰아내고 그 꿈을 꾸는 나를 몰아내야 한다. 그래서 그 초자연 현상이 드라큘라가 되고 그 꿈 자체가 무시무시한 게 된다.

『드라큘라』는 묘한 소설이다. 흡혈귀라는 초자연적인 존재를 작품에 등장시키고 있다는 의미에서는 그런 현상이나 존재를 부정하는 시대의 흐름에 역행하고 있는 것처럼 보인다. 그런데 『드라큘라』는 그런 초자연적인 존재는 악마의 속성을 지니고 있으니 이 세상에서 몰아내는 소설이라는 의미에서는 시대 흐름과 정확히 일치한다. 『드라큘라』는 이승에서 귀신과 악마를 몰아내는 퇴마 소설이다.

그렇다면 다시 한번 묻자. 귀신은 무엇인가? 죽은 자의 혼령이다. 그러나 죽은 자의 혼령이 다 귀신이 되는 것은 아니다. 그 혼령이 가야 할 곳으로 가서 얌전히 있다면 귀신이 아니다. 죽었는데도 이 지상에 미련이 남아 기웃거리는 혼령이 있다면 그게 바로 귀신이다.

귀신이 저승으로 시원하게 떠나지 못하고 이승을 기웃거리는 이유는 두 가지다. 하나는 이승에서 무언가 한이 남아 있어서다. 남들은 다 누린 것을 누리지 못하고 죽은 경우다. 그 경우

영혼은 저승으로 가지 못하고 이승 주변을 떠돈다. 그것을 우리들은 중음신(中陰神)이라고 부른다.

또 한 가지가 있다. 이승의 삶에 너무 혹해서, 이승의 삶을 영원히 연장시키고 싶은 경우다. 영원히 이곳을 떠나고 싶지 않은 경우다. 드라큘라는 후자에 속한다. 그는 불사귀(不死鬼)다. 드라큘라가 흡혈귀인 것은 그 때문이다. 피는 곧 생명의 상징이 아닌가? 그는 사람들의 피를 마심으로써 육신의 삶을 연장한다. 그러나 그는 살아 있는 존재가 아니다. 죽었으니 엄연히 귀신이다. 그가 귀신이라면 귀신의 세상으로 돌려보내야 한다. 이승을 떠도는 혼령을 영혼의 세계로 돌려보내야 한다. 『드라큘라』는 그 귀신을 이 세상에서 몰아내어 자기 자리로 돌려보내는 소설이다. 그래서 드라큘라에게 피를 빨리고 흡혈귀가 된 루시의 시신을 해치우면서 영혼의 안식을 위해서라고 말하는 것이다.

『드라큘라』는 드라큘라에게 이곳은 네가 있을 곳이 아니라고 호통치며 이곳에서 영원히 추방하는 소설이다. 그러나 귀신을 있어야 할 곳으로 되돌려 보내는 방법은 그것만이 아니다. 왜 이곳을 그렇게 기웃거리니? 죽었으면 저 세상으로 가야 하는 것 아니니? 무슨 한이 남아서 그러는 거니? 그 한을 풀어주면 저 세상으로 고이 갈래? 라며 살살 달래는 방법도 있다. 프란시스 포드 코폴라 감독이 연출한 영화『드라큘라』는 후자의 방식으로 브램 스토커의『드라큘라』를 재해석한 뛰어난 영화다. 그 영화에서는 드라큘라가 이승에서 이루지 못한 사랑 때문에 저승으로 떠나지 못하는 존재로 나온다. 한번 감상하면서 원작과 비교해보면 재미있을 것이다.

여러분 곁에, 혹은 여러분 안에서 드라큘라가 모습을 드러낸다면 여러분은 어떻게 하겠는가? 그를 우리와 친숙한 존재로 만들어 악마의 모습을 벗겨버리겠는가? 아니면 그를 우리들 곁에서 영원히 추방하겠는가?

브램 스토커는 1847년 아일랜드 더블린에서 공무원이었던 아버지 에이브러햄 스토커와 어머니 샬롯 사이에서 일곱 자녀 중 셋째로 출생했다. 병약한 그에게 그의 어머니는 유령 이야기, 악마와 요정 이야기를 즐겨 들려주었으며 그 이야기들이 그의 상상력을 자극해서 환상 소설들을 쓰는 데 영향을 미쳤다.

그는 청소년 시절 아버지와 함께 드나들던 극장에서 배우이자 연출자인 헨리 어빙을 만나 27년 동안 그의 헌신적인 매니저 역할을 했다. 그는 바쁜 매니저 생활을 하면서 틈을 내서

『드라큘라』를 비롯해 모두 17권의 소설을 썼다. 『드라큘라』처럼 대부분의 소설이 공포와 환상을 주제로 하고 있다.

브램 스토커의 『드라큘라』는 모든 흡혈귀 영화, 연극의 원조가 되어 수없이 많은 작품들로 각색되어 전 세계 사람들의 사랑을 받았지만, 정작 원작자인 브램 스토커의 이름은 널리 알려지지 않았다. 드라큘라 백작의 너무나 강렬한 이미지에 작자의 명성이 가려진 탓이었다. 여러분들은 영화나 연극을 보기 전에 소설 『드라큘라』를 꼭 한 번 읽어보기를 권한다. 영화나 연극보다 소설이 더 여러분들의 상상력을 풍부하게 자극할 수 있고, 드라큘라와 더 친해질 수 있게 해줄 것이다.

드라큘라

생각하는 힘: 진형준 교수의 세계문학컬렉션 68

펴낸날	초판 1쇄 2021년 10월 10일

지은이	브램 스토커
옮긴이	진형준
펴낸이	심만수
펴낸곳	(주)살림출판사
출판등록	1989년 11월 1일 제9-210호

주소	경기도 파주시 광인사길 30
전화	031-955-1350 팩스 031-624-1356
홈페이지	http://www.sallimbooks.com
이메일	book@sallimbooks.com

ISBN	978-89-522-4314-0 04800
	978-89-522-3984-6 04800 (세트)

※ 값은 뒤표지에 있습니다.
※ 잘못 만들어진 책은 구입하신 서점에서 바꾸어 드립니다.